KB265507

괜찮게
살고 있습니다.

괜찮지 않은 세상

괜찮게 살고 있습니다.

북센스

생소하다 生疏-하다
어떤 대상이 친숙하지 못하고 낯설다

아마도 이 책을 접하는 누군가에게 '에코페미니즘'이 란 생소한 단어일 것이다. 뜬구름을 잡듯 형체가 있는 듯하나 명확하게 잡히지 않는 것. 바로 나에게 에코페미니즘이 그러하다.

그래서 직접 발로 뛰며 에코페미니스트들을 만나 질문했다. 한 문장으로 에코페미니즘에 대해 설명해주면 얼마나 좋겠냐만은 그렇게 쉽사리 정리되지 않았다. 이 인터뷰의 첫 페이지부터 마치는 페이지까지 모두 에코페미니즘을 설명하는 글이 될 것이다. 에코페미니즘이 궁금한 누군가에게도 소개하고자 이 땀 묻은 책을 선물한다.

인터뷰이 선정 단계에서도 많은 어려움이 있었다. 인터뷰 요청을 받은 대부분의 인터뷰이들의 첫 반응은 '저는 에코페미니스트가 아니에요'였다. 그럼 인터뷰어인 나는 에코페미니스트냐고 묻는다면 얼굴이 붉어진다. 완벽하지는 않지만 각자의 소신을 가지고, 어설퍼도 모든 인간의 평등과 자연의 소중함에 대한 마음을 가지고 작은 실천을 한다면 모두 에코페미니스트라고 말해도 좋다. 누군가에게 당신은 충분히 에코페미니스트이기 때문이다.

이 책이 나올 수 있도록 도와주신 고은영, 김신효정, 나영, 린, 모아나, 문성희, 안혜경, 요조, 이현재, 임순례, 지숲, 채은순 님께 감사를 전한다.

여성환경연대 활동가
조화하다 씀

괜찮지 않은 세상

괜찮게 살고 있습니다.

괜찮지 않은 세상

쉬어 가세요, 리틀 포레스트 ∘ 임순례   8

비건은 그런 것이 아니다 ∘ 린   36

여긴 여우책방이니까 ∘ 지숲   60

정치하기 딱 좋은 그녀 ∘ 고은영   82

적, 녹, 보라가 꿈꾸는 세상 ∘ 나영   112

할머니의 씨앗이 우리에게 말해주는 것들 ∘ 김신효정   134

이상하고 위대한 이야기를 읽다 ∘ 요조   154

삐딱하고 불순한 여자들이 이긴다 ∘ 이현재   178

마을에서 피어나는 신나는 꿈 ∘ 채은순   202

나는 동네 페미니즘 활동가 ∘ 모아나   222

도시에서 차리는 살림의 밥상 ∘ 문성희   242

씨 뿌리고 거둔 여신들의 노래 ∘ 안혜경   260

쉬어 가세요,
리틀 포레스트

임순례 | 〈와이키키 브라더스〉, 〈우리 생애 최고의 순간〉, 〈리틀 포레스트〉까지 작품성과 대중성을 모두 갖춘 한국의 대표적인 영화감독이다. 동물보호단체 카라의 대표이기도 하다. 경기도 양평에서 텃밭을 가꾸며 고양이 가을이, 겨울이와 살고 있다.

사회 중심에서 밀려난 약자들의 삶에 카메라를 비추는 영화감독. 부르는 곳도 할 일도 많은 1세대 여성 감독인 임순례 감독은 수더분한 인상에 사람을 무장 해제시키는 편안한 매력을 가졌다. 어릴 적부터 온 동네 강아지들의 마음까지 빼앗은 그녀는 화려한 스포트라이트를 받는 영화계에서 자신만의 길을 묵묵히 가는 사람이다. 어떤 눈으로 세상을 보면 그런 영화를 만들 수 있을까? 렌즈 너머 임순례 감독의 눈에 비치는 세상이 궁금했다. 텃밭을 가꾸며 자유롭게 뛰어노는 강아지들과 함께 지내는 진짜 리틀 포레스트 속 주인공, 임순례 감독을 만나고 왔다.

KWEN 감독님, 자기소개를 부탁드려요.

임 저는 영화를 만드는 사람이고, 또 동물 보호 활동을 주업으로 하는 사람입니다.

KWEN 부업도 있으신가요?

임　　부업은…, 주업만 하기도 힘들어서 (웃음) 없습니다. 그렇지만 제가 아무래도 영화계에서, 현업에서 활동하는 사람들 중에서는 오래된 축에 속하거든요. 그러다 보니 영화 쪽에서도 이사를 맡는다든지 집행위원을 맡는다든지 하는 일이 많네요. 그리고 '한국영화성평등센터 든든^{이하 든든}' 센터장도 맡고 있어요. 제가 영화감독 1세대라 피할 수 없는 직함들이 좀 있네요.

토닥토닥 위로를 전하는 영화, 〈리틀 포레스트〉

KWEN　감독님, 최근작 〈리틀 포레스트〉 얘기부터 해볼까요. 영화를 보고 힐링이 되고 자연을 느꼈다는 이야기를 주변에서 많이 들었어요. 영화를 통해 전하고 싶었던 메시지가 있으셨나요?

임　　〈리틀 포레스트〉 일본판이 자급자족, 요리, 마을에서의 전통적 가치를 계승하는 것을 주제로 했다면 저는 요즘 우리나라 젊은이들이 어렵게 살고 있는 것 같더라고요. 다 같이 스펙을 쌓기 위해서 집단적으로 너무 고생을 하고 있는 거예요. 조금만 패러다임을 바꿔보면 덜 힘들 수도 있을 것 같았어요. 그렇다고 시골 생활을 예찬하기 위한 영화는 아니고요. 혜원이라는 캐릭터가 '엄마로부터 버려졌다', '엄마가 나를 사랑하지 않는다' 이런 트라우마를 가지고 그냥저냥 도시에서 살아가는 게 아니라 시골 생활을 통해 엄마를 이해하고 자기가 진실로 원하는 것을 찾아가는 계기를 만들기를 바랐어요. 혜원이 꼭 임용고시가 아니어도 요리사가 될 수도 있고 다시 내려와서 사과로 잼을 만들어 팔 수도 있고 다양하게 할 수 있는 일이 있잖아요. 진짜로 젊은이들이 하고 싶은 일을 쉬면서 찾아내기를 바랐던 거죠. 한 방향으로만 목표점을 두고 달려가는 젊은이에게 한 템포 쉬면서 좀 더 넓게 세상을 봤으면 좋겠다, 그런 위로와 쉼을 주고 싶었어요.

KWEN 영화를 보고 있으니 사계절을 느낄 수 있었어

요. 근데 그런 아름다운 장면을 보면서도 한편으로는 재하가 없었더라면 혜원은 안전하지 않았을 거라는 생각도 들더라고요.

임   맞아요. 일본판에서 주인공이 사는 집은 혜원이 사는 집보다 더 외진 데도 안전한 느낌이 들죠. 우편배달부가 와서 엄마 편지를 전해 줘도 전혀 이상한 느낌이 안 들고요. 그런데 우리나라는 시골에 여자 혼자 사는 게 뭔가 이상한 일이죠. 그래서 그 부분을 처음부터 많이 고민했어요. 여자 관객들이 혜원의 상황에 대해서 보는 내내 불안감을 느끼지 않도록 안전장치로 일단 개를 키워야 되겠다 싶어서 진돗개 오구가 등장했고, 친구들과 고모가 아주 가까운 곳에 산다는 일종의 보완 장치를 했어요.

KWEN 저는 혜원 엄마의 캐릭터도 한국의 보편적 엄마 캐릭터는 아니었다고 생각해요.

임   엄마가 어린 딸을 혼자 두고 떠난다는 설정이

우리나라는 시골에 여자 혼자 사는 게
뭔가 이상한 일이죠. 그래서 그 부분을
처음부터 많이 고민했어요. 여자 관객들이
혜원의 상황에 대해서 보는 내내 불안감을
느끼지 않도록 안전장치로 일단 개를
키워야 되겠다 싶어서 진돗개 오구가 등장했고,
친구들과 고모가 아주 가까운 곳에 산다는
일종의 보완 장치를 했어요.

일반적이지는 않잖아요. 그런데 일본판에서는 딸이 더 어릴 적에 떠나거든요. 근데 일본에는 그런 엄마들이 많대요. 그 부분도 한국식으로 고민했어요. 혜원이 적어도 수능을 치고 성인이 되면 떠나도록 했는데 이 부분을 관객들이 어떻게 받아들일까 걱정은 했어요. 걱정한 것보다는 반응이 괜찮았는데 문소리라는 배우가 주는 설득력도 있었을 거고, 혜원이가 의외로 강해 보이는 것도 있을 것이고. 우리나라 사람들의 의식도 많이 바뀌었다는 생각이 들더라고요. 엄마가 말하자면, 아이가 이제는 충분히 중심을 잡고 살아갈 수 있다고 판단하고 자신의 제2 인생을 위해 떠난 거잖아요. 자식을 둔 40, 50대 관객들이 혜원 엄마에게 공감하고 응원해주셨어요.

변두리 동네에서 싹튼 평범한 사람들에 대한 애정

KWEN 〈리틀 포레스트〉도 그렇지만 감독님은 소수자

나 약자, 동물권까지도 영화로 이야기하시잖아요. 어떻게 이런 감성을 가지게 되셨는지요? 감독님의 철학이 있으신지 궁금해요.

임　　　제 성장 배경 영향이 큰 것 같은데요. 어릴 때 인천 변두리에 살았어요. 다들 못 배우고 돈도 없고 매일 술 먹고 가정 폭력하고 이런 사람들이 모여 사는 동네였어요. 우리 집도 그랬고요. 그러다 보니까 그런 사람들에 대해서 예전부터 친근감이 생겼달까요. 불교 영향도 있어요. 저희 집은 오래된 가톨릭 집안인데 제가 성인이 된 다음에 불교 쪽에 좀 기울게 됐어요. 그러면서 사람과 사람, 사람과 동물 등 개체 간에 차이가 없고 다 똑같은 생명이라는 가치관에 심취하게 되었어요. 자연스럽게 화려하고 능력이 뛰어난 사람들보다 그냥 평범한 사람들에 대한 애정이 많아진 거죠.

KWEN 감독님 어렸을 때, 등하교길에 동네 개들이 졸졸 따라왔다고 하던데요? 그때부터 동물들을 많이 좋아하셨나요?

임   옆집에 제일 친한 친구가 있었어요. 어느 날은 그 애가 동네 큰 개한테 물렸는데, 예전에는 개에 물리면 문 개의 털을 좀 잘라서 태우고 그 재를 된장에 묻혀 상처에 붙이는 (웃음) 그런 이상한 민간 처방이 있었어요.

KWEN 전혀 안 나을 것 같은데. (웃음)

임   친구 엄마가 개털을 자르려고 가위를 들고 왔는데 제가 개한테 해가 될까 봐 못하게 말렸대요. 그래서 친구가 엄청 섭섭했다고 하더라고요. 그 정도로 제가 동물을 좋아하긴 했어요. 동네에 오던 개장수는 어제까지 나랑 놀던 개들을 막 잡아가고, 나무 같은 데 개를 매달아서 몽둥이로 패곤 했는데 제가 어리니까 그걸 저지할 수 없잖아요. 그래서 그 트라우마가 심했던 것 같아요. 동물 단체를 맡아달라는 제안이 왔을 때 그 트라우마나 그때 개들을 구해주지 못해 미안한 마음들

이 무의식적으로 작동했던 것 같아요.

KWEN 불교에 있는 생명 존중 사상에 대해서는 지난 컨퍼런스 때도 이야기해주신 적이 있죠. 불교가 감독님의 종교가 된 계기나 사건이 있으셨나요?

임 30대 후반에 지방에 있는 대학에 전임 강사로 1년 반 정도 가서 있게 되었는데 거기가 해인사 근처였어요. 그 당시 스크린 쿼터제 투쟁 때문에 제가 머리를 삭발했거든요. 그런데 그 동네는 내가 갑자기 삭발한 걸 보고도 놀라지를 않아요. 워낙 빡빡 깎은 사람이 많아서 자연스럽게 받아주시더라고요. (웃음) 초파일에 독실한 불교 신자이신 주인집 할머니가 저더러 해인사까지 좀 태워다달라고 부탁하신 일이 있었어요. 제가 차가 있으니까 모시고 갔죠. 근데 절 밑에서부터 2km 정도 되는 길을 사람들이 만장을 들고 계속 염불을 하면서 걸어가더라고요. 아마 해인사의 오래된 풍속이었나봐요. 저도 그 행렬에 끼어서 같이 걸어가는데 제 마음속에 깊은 울림이 있었어요. 그다음 날 해인사에 들어가봤어요. 그러면서 나중에는 예불도 참석하고 스님 말씀도 듣고 그랬죠. 본격적으로 더 가까워지게 된 건 우연히 티베트 사람이 만든 〈성스러운 돌〉이라는 단편 영화를 보고 티베트 불교에 매료되어서 다람살라를 왔다 갔다 하면서부터예요.

국민학교 3학년,
평생 숙제를 하지 않겠다고 마음먹다

KWEN 한양대 영문학과를 나와서 프랑스에서 유학하고 한국에서 알아주는 감독이 되었다는 이력에 비해서 임순례 감독님 이미지는 수더분하다고 할까요? 상반된 매력이 있으신 것 같아요.

임   제가 중요하지 않다고 생각하는 것에 관심을 안 갖는 편이에요. 예를 들어서 외모라든지 결혼이라든지. 저는 가방을 안 갖고 다녀요. 다 주머니에 넣어요.

왜냐하면 제가 가방을 잘 잃어버리는 편이거든요. 여자면 다 핸드백을 들고 다녀야 되고, 화장해야 되고, 결혼을 해야 되고, 이런 것에 대해서 그냥 남들이 하니까 나도 해야 된다는 생각은 한 번도 안 해본 것 같아요. 그냥 남의 눈치 안 보고 살았던 거 같아요.

KWEN 학창 시절도 그러셨나요?

임 저희 아버지가 동네에서 다 아는 술주정뱅이라 어렸을 때 안정적으로 공부를 할 수 있는 환경이 아니었어요. 저는 숙제하기가 싫어서 국민학교 3학년 때부터 전혀 숙제를 안했어요. 숙제를 안 해가고 그냥 학교 가서 맞는 거죠. 그래도 수업을 열심히 들으니까 상위권을 유지했어요. 그런데 고등학교에 들어가니까 성적이 떨어지기 시작하는 거예요. 나는 뺑뺑이 세대인데 우리 학교가 인천 명문 학교였거든요. 진학률을 높이려고 진학반, 취업반이 나눠져 있었는데 저는 취업반에 들어가게 된 거죠. 2학년 2학기 때부터 타자를 배우

  쉬어 가세요, 리틀 포레스트 임순례

고 미용을 배우는데 제가 그런 데에는 소질이 없는 거예요. (웃음) 그래서 선생님을 찾아가서 '쇼부'를 봤어요. "선생님, 제가 공부를 안 해서 그렇지 마음먹고 공부하면 대학 갈 수 있습니다. 저를 진학반으로 보내주십쇼"라고 해서 진학반에 들어갔는데 거기서도 우열반이 있고 저는 또 열등반이 되더군요. 그리고 3학년이 되어서 첫 시험을 봤는데 360명 중에 353등! (웃음) 학교를 그만두겠다고 말씀드렸어요. 지금은 자퇴, 대안 학교 이런 게 있지만 그 당시엔 자퇴를 하는 경우가 거의 없었어요. 잘리면 잘렸지.

억지로 우겨서 학교를 그만두고 집에서 공부를 하리라 했지만 (웃음) 아무도 통제하는 사람이 없으니까 당연히 늦게 일어나고 만화책 보고 소설책 보고 먹고 자고 했어요. 지금 이 몸이 사실 그때 찐 살이에요. (웃음) 그전에는 이렇지 않았어요. 그렇게 2년을 놀고먹으니깐 너무 행복하더라고요. 그때만 해도 뭐 되고 싶은 것도 없고 매일매일이 너무 행복했어요. 그런데 어느 날

곰곰이 현실적인 고민을 해보니까 우리 집이 부자가 아니잖아요. 지금은 어리니까 빌붙어 살 수 있겠지만 내가 3,40대가 되면 가능하지 않겠다는 결론이 나오는 거예요. 그러면 돈을 벌어야 하는데 고등학교 중퇴해서 돈 벌 수 있는 게 뭐가 있어요, 공장을 다녀야지. '학교도 다니기 싫어서 그만뒀는데 공장은 다닐 수 있을까? 일단, 공부해서 취직 잘되는 과를 가자'라고 결심하고 공부를 열심히 해서 대학에 갔어요.

영화, 성공하지 못해도 해보고 싶은 일

KWEN 진짜 머리가 좋으셨네요!

임 에이, 그런 건 아니고. 어쨌든 한양대 영문과를 들어갔어요. 대학을 2년 늦게 들어가니깐 서클에서도 잘 안 받아주고 그래서 학교 공부만 열심히 했어요. 사실은 대학 들어갈 때 연극영화과도 잠깐 고민했어요. 원래 영화를 되게 좋아했거든요. 고등학교 2학년 때

 쉬어 가세요, 리틀 포레스트 임순례

임예진이라는 배우가 우리 학교에 영화를 찍으러 왔어요. 그 당시 아이돌, 톱스타가 왔으니까 친구들은 난리가 났는데 저는 임예진 씨보다 감독에게 관심이 가더라고요. 그분이 디렉션하시는 걸 관심 가지고 보고 그랬어요. 그게 나중에 생각해보니까 영향이 있었던 것 같아요.

영문과는 좀 개인적인 분위기였지만 시대가 전두환 정권 때인지라 내가 비록 화염병을 던지지는 못할망정, 프랑스 문화원에 가서 영화 봤다고 부르주아적으로 이야기를 하기는 어려운 분위기였어요. 근데 어느 날 친구가 문화원에 가서 영화를 봤는데 너무 좋다고 그러는 거예요. 그래서 저도 가서 난생 처음으로 예술 영화를 봤는데 되게 충격적인 거예요. 그날 이후로 예술 영화를 정말 많이 봤어요.

대학교 4학년 취업을 해야 하는 시기에 굉장히 고민을 많이 했죠. 대기업에 들어갈 수 있는 추천서도 받았고 대학원에 가라는 얘기도 들었어요. 하지만 고민이 많이 됐어요. 영화를 좋아하지만 84년도에는 여자 감독도 없었고, 여자가 감독이 될 수 있다는 것도 거의 상상하기 힘들었어요. 한국 영화 산업이 호황인 시절도 아니었죠. 그래서 세 가지를 놓고 고민을 했어요. 대학 교수로 사는 건 너무 재미없는 것 같고, 대기업도 중간에 그만둘 것 같고, 영화는 참 비전이 없지만 내가 성공하지 못하더라도 해보고 싶은 일이었어요. 그래서 영화를 하기로 결심했죠.

그 당시에는 유명한 감독님 밑에서 10년 정도는 연출 일을 해야 입봉감독 데뷔을 할 수 있는데 그렇게 하기에는 내가 영화 쪽에 경험이 없는 거예요. 대학원에 가서 영화 이론 공부를 해야겠다 싶어서 프랑스로 떠났죠. 프랑스에서 4년 동안 1,000편의 영화를 보고 공부를 해서 돌아왔어요. 근데 그동안 영화를 만들어본 적이 한 번도 없는 거예요. 그래서 한국 영화 제작 시스템을 한번 경험해봐야겠다 싶어 스크립터로 한 작품을 했어요. 그게 여균동 감독님이 만들고 문성근, 심혜진

 쉬어 가세요, 리틀 포레스트 임순례

씨가 출연하는 〈세상 밖으로〉라는 영화였죠. 충무로 영화는 이렇게 만들어지는구나 경험하고 나니까 이제 데뷔를 해야 되겠다 싶었어요.

처음으로 내 연출력을 시험해보려고 만든 게 〈우중 산책〉이라는 영화예요. 14분짜리 단편 영화인데 정말 운이 좋게 만들자마자 삼성에서 만든 제1회 서울단편 영화제에서 대상을 받았어요. 말하자면 화려하게 등장을 했죠. 그러고 나서 〈세 친구〉는 장편 시나리오를 써서 프로듀서, 제작자들한테 보여주고 다녔는데 상업적이지 않으니까 아무도 하겠다는 사람이 없는 거예요. 그래서 서울단편영화제를 통해 알게 된 삼성 직원을 찾아가서 이야기를 했죠. "어느 공모제든 1회 대상 수상자가 잘 돼야 그 공모제는 이름이 난다. 근데 내가 이렇게 빌빌되고 있으면 안 되지 않겠냐"라고 말씀드렸죠.

KWEN 우와. 어떻게 그런 말을! 감독님 사업하셔도 잘

하시겠어요.

임   제가 딜을 좀 잘하죠. (웃음) 얼마가 필요하냐고 해서 4억 3천 정도면 되겠다고 얘기를 해서 돈을 지원받았어요. 그게 저의 첫 작품이었는데 그 영화를 만들고 나니까 제1회 부산영화제가 생긴 거예요. 그래서 또 거기 출품을 하고 상을 타면서 여러분들이 아는 필모그래피를 만들 수 있게 되었죠.

KWEN 눈물 없이는 들을 수 없는 이야기를 들을 줄 알았는데…. (웃음)

임   단편 영화 만드니까 단편 영화제 생기고, 장편 영화 만드니까 부산영화제 생기고. 사실 좀 운이 좋았던 것 같아요.

KWEN 굉장히 주도적인 면들이 있으시군요.

임   생각보다 그런 면이 있어요.

KWEN 상업적이지 않은 영화를 오랜 시간 쭉 만들어오신 게 쉽지 않았을 것 같은데요. 영화감독으로서 휘둘리지 않는 자존감은 어디서 나오는지 궁금해요.

임 글쎄요. 처음 영화를 하게 된 동기, 그런 게 크게 작용하는 것 같아요. 저는 작가 영화나 프랑스 예술 영화를 보면서 영화를 시작했는데 영화라는 예술의 기능이 누군가에게 새로운 시선을 던져주거나 삶의 깊이를 자극하거나 선한 영향력을 주는 것이라고 생각했거든요. 예를 들어 제가 2001년에 만든 〈와이키키 브라더스〉라는 영화는 굉장히 평범하고 소외된 뮤지션에 대한 이야기예요. 그때는 지금처럼 SNS로 바로 반응이 올라오는 게 아니라 힘겹게 소감이 올라오는데 누군가가 이런 소감문을 썼어요. '이 영화를 보고 나서 평범한 존재들에 대해서 새롭게 보는 눈이 생겼다. 새벽에 나오는 미화원들이라든지 지하철역에서 나물을 파는 할머니라든지, 그전에는 휙 지나갔었는데 그분들에게도 어떤 인생이 있겠구나, 길거리에 비둘기가 모이를 쪼아 먹고 있으면 얘네들 삶도 고달프겠구나, 영화를 보고 나서 이런 생각을 했다'고 하더라고요.

사실은 영화를 통해서 제가 하고 싶은 게 그런 거거든요. 누군가의 삶이 영화를 통해서 확장되고 깊어지는 것. 그게 내가 영화를 만드는 목적이라 상업 영화, 천만 영화를 만들어야겠다는 식으로 마음먹게 되지는 않는 것 같아요. 내가 생각해왔던 방향성과 맞는 영화들만 선택하다 보니 대중적이거나 상업적으로 파괴력이 높지는 않은 거죠.

저는 제 영화에서 사람을 죽이거나 누굴 때리거나 남을 모함해서 나쁘게 하는 이런 얘기는 하고 싶지 않아요. 제가 성선설을 믿는 것도 아니고 인간에게는 물론 지저분한 부분, 힘든 얘기도 있지만 영화를 통해서 사람들에게 따뜻하고 긍정적인 것을 나누고 싶어 하다 보니 그렇게 표현하는 패턴이 생긴 것 같네요.

KWEN 처음의 마음을 잘 지키고 계시네요. 응원합니다!

임   그렇긴 한데 돈이 없어요. (웃음)

KWEN 앞에서도 말씀하셨지만 영화 말고도 다른 일들로도 많이 바쁘시죠. 미투 운동이 요즘 활발하잖아요. 심재명 님과 함께 한국영화성평등센터장을 맡고 계시다고 들었는데요. 구체적으로 어떤 활동을 하시나요?

임   피해자들을 실질적으로 지원하는 일도 하지만 더 중요한 것은 성희롱, 성폭력 예방을 어떻게 할 것인지 영화계 안에서 제도적 장치를 만드는 일이라고 생각해요. 한국영화성평등센터 든든에서는 성폭력이 어떤 형식으로 현장에서 일어나는지 경향을 파악하는 실태 조사를 진행했고, 과거 사건에 대한 법률적, 정신적 지원과 합당한 조치를 유도하는 가이드를 하고 있어요. 아시다시피 성폭력이 권력 관계에서 벌어지는 경

   쉬어 가세요, 리틀 포레스트 임순례

우가 많거든요. 감독이나 PD처럼 권력이 있는 사람들이 저지르는 경우가 많죠. 든든에서는 감독협회, 촬영감독협회, 제작자협회 등과 MOU를 맺어서 성폭력 사건에 대한 대응 가이드를 주고 있고, 표준 계약서에 성폭력 가해자를 얼마든지 해고할 수 있다는 조항을 넣도록 했어요. 모든 곳이 교육을 받게 할 순 없지만 영화진흥회 같은 공적 자금을 받는 곳은 성폭력 예방 교육이 필수예요.

KWEN 꼭 필요한 일을 하시는군요. 평소에는 어떻게 지내세요? 농사도 지으신다고 들었는데요. 힘들지는 않으세요?

임 　　아뇨, 재밌어요. 시골에 살면 되게 일찍 일어나게 돼요. 제가 원래는 술을 많이 먹었는데 2005년에 양평으로 이사 간 다음에는 술을 먹을 수가 없어요. 왜냐하면 운전해서 집에 가야 되니까. 차가 없으면 나올 수 없는 시골이거든요. 제가 서울에서 살 때는 엄청 늦게,

막 11시쯤에 일어났어요.

KWEN 영화하는 분들은 왠지 그래도 될 것 같아요.

임   오전에 문자를 보내면 엄청 실례죠. (웃음) 근데
시골로 이사 가니까 아무리 늦게 자도 6시에는 일어나
게 돼요. 그때 일어나서 밭에 물 주고 강아지들이랑 산
책하고 풀 뽑고. 제가 채식을 하니까 아무래도 야채를
많이 먹잖아요. 그러니까 상추부터 다양하게 기르죠.
조금만 심어도 많이 먹을 수 있어요. 상추 같은 건 몇
포기만 있어도 계속 자라요. 해마다 항상 심는 게 있어
요. 깻잎, 깨, 고추, 상추 그다음에 치커리, 파 이런 식으
로요. 욕심이 좀 과하면 옥수수나 감자도 심어요. 되게
재밌어요. 오이 같은 경우가 특히 그래요. 어제 요만했
는데 그다음 날 가보면 이만해 있고. 이렇게 어제 다르
고 오늘 다른 것들을 보면 생명이 되게 신기하고 재밌
고 그래요.

　　　　　　　　　　　　　　　쉬어 가세요, 리틀 포레스트 임순례

실패를 두려워 말고 부딪쳐보세요

KWEN 양평에서 리틀 포레스트를 직접 살고 계시는군요. 저희가 오랜 시간을 함께했는데요. 마지막으로 독자들에게 들려주고 싶은 이야기가 있으시다면요?

임　　예전 사람들은 몸으로 부딪히는 경우가 훨씬 더 많았다면 요즘 청년들은 머리나 관념으로 미리 시뮬레이션을 해보고 계산하는 것 같아요. 그렇지만 막상 어떤 일이든지 부딪혀보면 생각보다 어렵지 않은 경우가 더 많거든요. 물론 너무 무모하게 도전했다가 큰 실패를 볼 수도 있지만 대부분은 생각과 훨씬 다르거든요. 아무 일도 하지 않고 그래서 아무 실패도 겪지 않는 것보다 실패해본 경험들이 나중에 어떤 식으로든지 도움이 되는 경우가 많아요.

　제가 고등학교 때 학교를 그만뒀다고 말씀을 드렸는데 남들이 보기에는 2년 동안 시간을 소비하고 살도 찌고 아무 생산적인 게 없다고, 실패한 시간이라고 생각할 수 있지만 사실 저는 그 시간을 통해서 얻은 게 많아요. 주류 사회에서 완전 이탈해봤기 때문에 주류가 아닌 시선에서 내가 다른 사람들을 보거나 나 자신을 볼 수가 있었고, 그런 경험들이 제가 나중에 영화를 하는 데 있어서 캐릭터를 이해하거나 사람들을 이해하는 데에 굉장히 중요한 요소가 되었어요.

뭔가를 시도해서 목숨을 잃거나 전 재산을 날리거나 이런 정도의 리스크가 있는 게 아니라면 해보면 좋겠어요. 의외로 실패를 안 할 수도 있어요. 머리에서 벗어났으면 좋겠어요. 왜냐하면 나이가 들면 더 벗어나기 힘들어요. 몸 상태도 봐야 하고, 정서적으로도 용기가 안 생기고. 그러니까 젊을 때 뭔가를 좀 저질러보고 그랬으면 좋겠어요. ◉

막상 어떤 일이든지 부딪혀보면
생각보다 어렵지 않은 경우가 더 많거든요.
물론 너무 무모하게 도전했다가
큰 실패를 볼 수도 있지만 대부분은
생각과 훨씬 다르거든요. 아무 일도 하지 않고
그래서 아무 실패도 겪지 않는 것보다
실패해본 경험들이 나중에 어떤 식으로든지
도움이 되는 경우가 많아요.

비건은
그런 것이
아니다

린

본명 안백린. 페미니스트 비건 요리사이자 활동가이다. 너티스라는 단체를 만들어 비건 문화를 퍼뜨리고 알리는 활동을 했다. 현재 해방촌에 있는 사찰 음식 레스토랑 '소식'의 셰프로 일하고 있다.

채식주의자, 그중에서도 모든 동물성 식품을 거부하는 비건이라고 하면 어떤 생각이 드는가? 풀떼기만 있는 밥상을 앞에 두고 '내가 스님이냐? 이게 밥상이냐, 골프장이냐?' 투덜거렸던 지인의 목소리가 들리는 듯하다. 인간의 욕심 때문에 비참한 환경에서 사육되고 죽어 고기가 되는 동물들의 이야기를 접하면 고기 반찬으로 향하는 젓가락이 좀 멈칫하다가도 '채식은 맛없고, 지루하고, 까다롭고, 이렇게 먹다가는 영양 실조 걸릴 것 같아서 나는 할 수 없다!' 대충 이 정도가 우리의 생각 아닐까. 그런 나에게 한강 유람선에서 '비건' 크루즈 파티가 열린다는 뉴스는 신선한 충격이었다. 비건 파티라니? 절도 아니고 한강 유람선에서?

차마 가보지는 못하고 후기로 접한 비건 크루즈 파티는 못 가본 걸 통탄할 만큼 힙하고 근사해 보였다. 모인 사람들도 홍대, 성수동에서 마주칠 만한 멋쟁이들인데다가 차려진 음식들은 종류가 무척 다양해서 하나같이 예쁘고 맛있어 보였다^{적어도 산채비빔밥 같은 건 눈에 띄지 않}

왔다. 이런 기막힌 파티는 누가 기획하는 건지 궁금해하는 나에게 친절한 검색 포털은 '린'의 이름을 알려줬다.

본명 안백린. 비건 셰프이자 동물권 활동가. 더 많은 사람들이 함께할 수 있는 비거니즘을 만들기 위해 고군분투하는 야심찬 그녀를 만났다.

KWEN 자기소개를 부탁드립니다.

린 저는 정신 건강, 음식, 윤리 중심적으로 공부를 한 비건 셰프 동물권 활동가 린이라고 합니다.

나는 페미니스트, 퀴어 프렌들리,
비건 셰프, 동물권 활동가

KWEN 수식어가 많네요. 관심사가 다양하신 것 같아요.

린 기존의 동물권 활동 방식은 권리 중심적이고, 비건 셰프의 활동은 음식에 한정되어 있는데 한국 사회에서는 두 가지를 연결하는 고리가 상당히 부족하다고 느꼈어요. 동물을 사랑한다면 채식을 해야 한다는 흐름은 어떻게 보면 당연하게 느껴지는데, 동물권 운동은 동물 문제, 채식은 건강 문제로 국한되어서 연결 고리 없이 나눠져 있는 것처럼 느껴져서 많은 분들이 아직도 헷갈려 하고 있어요. 그래서 저는 자기소개할 때 요리 연구가나 활동가로만 말하지 않고, 셰프와 활동가 둘 다 넣어달라고 이야기해요. 사실 '페미니스트 퀴어 프렌들리'까지 넣어달라고 하고 싶은데 거기까지 얘기하면 너무 길어지니까. (웃음) 근데 비건이 된 동기를 질문받으면 페미니즘 이야기는 꼭 같이 해요.

KWEN 맞아요. 언론이나 매스컴에서는 채식을 다룰 때 건강에 대한 이야기만 하는 것 같아요. 사실 채식하는 분들 중에 많은 분들이 동물권이랑 같이 연결해서 행동을 하는데 말이죠. 제 주변에도 『육식의 종말』 같은 책을 읽고 채식을 시작한 사람들이 있거든요.

린　　채식을 시작한 상태에서는 이미 행동하고 있는

게 되니까 상대적으로 동물권 활동이 좀 더 자연스럽게 느껴지죠. 그렇지만 건강상의 이유로 채식을 하는 사람들은 〈옥자〉 같은 영화를 봐도 별 느낌이 없어요. 그렇게 동물권 이야기를 계속 하는데도요. 한편으로 동물을 좋아하지만 채식을 시작하기까지는 시간이 걸리는 경우가 많죠. 나는 그냥 개, 고양이 사랑하기도 바쁘다고 하니까.

사회 구조가 감수성의 차이를 만들어낸다

KWEN 궁금한 게, 태어날 때부터 비건은 아니었잖아요? 어떻게 비건이 되려고 마음을 먹었는지, 특별한 사건이나 영향을 끼친 게 있었는지 궁금합니다.

린　　　제가 비건이 아니었던 순간을 자꾸 까먹게 되는데, 이런 질문을 들으면 다시 기억이 나는 것 같아요. 옛날에 공장식 축산 관련 다큐멘터리를 본 적이 있는데, 그때는 아무 느낌이 없었어요. 뭔가 불편했지만 내

　　　　　　　　　　　　　　　비건은 그런 것이 아니다 린

가 굳이 행동해야 하나 싶었거든요.

KWEN 그때가 언제쯤인가요?

린   처음 그런 영상을 보게 됐던 건 고등학교 때였고
본격적으로 동물권에 대해서 접한 건 영국에서 유학할
때였어요. 당시 건강상의 이유로 고기를 못 먹고 있었
는데, 왜 자기 자신을 해치면서 몸에 안 좋은 것을 먹을
까, 왜 주변을 해치면서까지 먹을까 고민을 하게 된 것
같아요. 그러면서 여러 가지 동영상을 봤어요. 공장식
닭이 어떻게 길러질까, 나는 유기농 닭을 먹으면 되지
않을까 하는 생각으로요. 근데 굉장히 부자연스러운 느
낌과 함께 내가 그 닭이었다면 너무 싫었을 텐데, 그 싫
어하는 걸 왜 인간들은 하고 있을까 의문이 들었죠.
      고등학교 때도 이런 동영상을 봤는데 지금과 감수
성이 달랐던 이유가 항상 궁금했어요. 아마도 제 마음
이 제 의지로 바뀌었다기보다는 감수성이라는 게 사회
적이고 구조적인 문제이기 때문인 것 같아요. 고등학

교 때는 기계처럼 공부를 했고 제가 틀렸다고 생각하는 규칙들을 지키면서 살았죠. 학교 내의 비리, 친구들 사이에서의 의미 없는 권력 구조에 회의감이 들었지만 그곳에서 살아남아야 하니까 그 구조 안에 들어가야 했죠. 그 안에 살면서 자꾸 이분법적인 사고를 했던 것 같아요. 그렇게 물건처럼 대해지는 삶을 매일 살다 보면 남에 대한 감수성을 가지기가 힘들죠. 동물에 대한 감수성은 더 힘들고요. 학교에서 느꼈던 수많은 불평등한 구조에 답답함을 토로하면서 치킨을 먹는 순간에 그 닭들이 어떻게 지내고 있을까 하는 궁금증을 가지기에는 한국 학교의 구조가 너무 폐쇄적이었던 것 같아요.

제가 영국에서 대학을 다녔는데 영어가 좀 안 돼서 답답하긴 했어도 (웃음) 훨씬 편안했어요. 한국은 반항하는 게 권력을 얻는 방식이라면 거기는 예의를 지키고 서로를 배려하면서 권력을 얻는 구조였어요. 예를 들면 말에서도 'Please'나 'Sorry'를 항상 붙여야 하고,

우리는 계속 생명을
상품화시키는 구조에서
벗어나는 연습을 해야할 것 같아요.
이런 과정을 사회가 만들어주지
않기 때문에 시행착오가
있을 수밖에 없다고 생각해요.

물어보는 것도 엄청 정중하게 물어보는 게 보통이에요. 본받고 싶은 사람도 많았고, 내가 더 잘해야겠다는 생각도 많이 들었던 것 같아요.

KWEN   듣고 있으니 다른 문화권의 생활이 생각의 전환점이 된 것 같네요. 한국에 다시 적응하는 게 쉽지 않으셨을 것 같은데요. 영국의 비건 문화는 어떤가요?

린   보통 석사나 박사를 학위 때문에 하는 경우가 많은데 저는 제가 진짜 하고 싶어서 공부를 했고, 에세이 주제도 마음대로 정할 수 있었어요. 그리고 점수보다는 주제에 심취해 있었기 때문에 그런 상황에서 공장식 축산을 바라봤다면 당연히 동물에 공감을 가질 수밖에 없겠다는 생각이 들었어요. 거기는 비건 음식이 엄청 많고 맛있어요. 오히려 더 건강한 느낌을 주고, 색깔도 예쁘고 다양하고. 피쉬앤칩스가 유명한데 비건 음식이 더 화려해 보일 정도로요. (웃음) 그런 환경에서 자라면 당연히 공장식 축산에 마음 아파할 수밖에 없어요. 아파한다고 해서 잃을 게 없는 거예요. 잃을 게 있어야 거부감이 드는 건데 잃을 게 없었던 거죠.

사실 영국은 동물 복지를 처음으로 시작한 나라거든요. 일반 마트에 가도 동물 복지 고기를 먹을 수 있고, 파머스 마켓에 치즈를 가져온 사람들도 자기가 키운 소에 대해서 계속 이야기를 해줘요. 이렇게 동물에 대한 감수성이 훨씬 높지만, 어떤 면에서는 여전히 제가 느끼는 '이건 아니다'라는 감정을 충분할 만큼 못 느끼더라고요. 공부했던 내용을 발표했을 때, 저는 당연히 사람들이 제가 느낀 감수성대로 느낄 줄 알았는데 옛날의 저 같은 표정으로 듣고 있는 거예요. 특히 영국에 있는 한국 사람들에게 얘기할 때는 더 심했어요. 괴리감을 느꼈죠. 바로 옆에 있는 사람이 전혀 다른 감수성을 가지고 있을 때 너무 다른 세계에 살고 있는 것 같아서 엄청나게 심리적으로 혼란스러웠어요. 이런 이유 때문에 한국으로 돌아온 것 같은데 논문을 다 마치고 나니 더 가관인 거예요. (웃음) 제가 보고 싶지 않았던 그 현실이 앞에서 펼쳐지는 게 너무 힘들었어요. 그래서 한국에 와서 논문 끝나자마자 녹색당 활동을 하고, 비건 페스티벌도 가고 그랬어요. 마침 비건 페스티벌 하는 날이 제 생일이었고, 제 생일이 '세계 동물의 날'이라는 걸 알게 되면서 굉장히 기분이 좋았어요. 그리고 계속 그런 가치를 추구하려고 사람들을 만나러 다니고, 위령제를 하고, 강의 요청이 들어오면 강의를 하러 가고… 이렇게 살았던 것 같아요.

KWEN 동물권 운동이 운명이신 건가요? (웃음) 한국에서 부닥친 현실이 더 팍팍한 이유는 뭘까요?

린　　감수성에는 환경이 진짜 중요하다는 걸 느껴요. 영국에서는 굳이 채식주의자가 아니어도 고기를 먹는 것에 대해서 고민하고 있다는 얘기를 하면 고기를 좋아하는 사람들도 함께 고민하고 갈등하는 모습을 보이는데 한국에서는 '식물은 안 불쌍해?'라고 물어요. 같은 문제에 이렇게 반응이 다른 이유는, 어떤 고민에 대해 자신의 감정을 잘 모르고 자신을 비난하는 것으로밖에 못 듣는 사회와, 감수성을 키우고 자기 마음이 뭘 얘기하고 있는지 표현하려고 하는 사회의 차이 때문인 것 같아요. 이제야 저도 이해를 하게 됐어요. 한국에 있을 때 그 영상을 봤을 때는 무감각했었는데 왜 비슷한 영상을 영국에서 봤을 때는 너무 마음이 아팠던 건지. 왜 똑같은 얘기를 영국 사람들에게 하면 받아주는데 한국 사람들에게 했을 때는 방어적이었던 건지.

공감을 위한 훈련이 필요하다

KWEN 혹시 채식을 하면서 린 님이 겪었던 시행착오들에 대해 이야기해주실 수 있을까요? 비건을 시작하려고 하는데 부담을 느끼는 사람들이나, 혹은 비슷한 상황에 처해 있는 사람들에게 도움이 될 것 같아요.

린 시행착오는 당연히 있을 수밖에 없는 것 같아요. 저는 젓갈 같은, 작은 생선에 대한 공감 능력이 아

직도 많이 약해요. 그러니까 생선에 대해서는 공감하
는데, 젓갈처럼 음식 안에 첨가되어 잘 보이지 않는 것
에 대해서는 공감이 안 되는 거예요. 안 보이니까. 음식
에 개고기 가루가 들어 있다고 해도 그게 보이지 않으
면 아무리 개를 사랑해도 공감을 못 느끼는 사람이 있
을 수 있다고 생각해요. 그만큼 사회가 연결 고리를 만
들어줘야 하는데, 예를 들면 쇠고기를 파는 매장에 소
의 얼굴과 이름, 몇 살에 죽었고 어디에서 태어났고 생
김새는 어떻고 누구에 의해 키워졌다는 내용이 있으면
어떨까요. 그러면 좀 연결이 될 것 같은데, 그게 안 되
니까 시행착오가 있을 수밖에 없는 거죠.

KWEN 생명과 먹을거리를 연결하는 훈련이 필요하다
는 건가요?

린   그렇죠. 예를 들면 젓갈이 만들어지는 과정을
찾아봐요. 까나리가 무슨 생물체인지는 잘 모르잖아
요. 이런 생물체가 바다에 있을 때 어떻게 사는지 찾아

보는 노력이 필요하죠. 조개에 대해 얘기해보면, 조개
가 바다에 있으면 막 날아다니고 생기발랄해요. 그런
데 육지에 있을 때는 사람이 물속에 있는 것처럼 숨을
못 쉬거든요. 바다에 사는 조개랑 우리가 먹는 조개가
같은 것이라는 연결이 안 되는 거죠. 우리는 계속 생명
을 상품화시키는 구조에서 벗어나는 연습을 해야할 것
같아요. 이런 과정을 사회가 만들어주지 않기 때문에
시행착오가 있을 수밖에 없다고 생각해요.

KWEN 이 생명이 어떤 모습으로 살았을까 찾아보고,
공감해보는 일은 상상력이 필요한 일이기도 하네요.

린　　　맞아요. 시행착오를 느낀 사람이 큰 죄책감을
갖는 것을 원하지는 않지만 혹시 갖게 된다면 그걸 좀
잘 풀었으면 좋겠어요. 머리로는 이해가 가는데 마음
으로는 이해가 안 가고 고기를 보면 먹고 싶어져서 죄
책감을 느낀다고 한다면, 예를 들면 치킨에 대해서 그
런 생각이 든다면 닭 동영상을 바로 보는 방식으로 살

아 있는 닭과 연결하면서 그 죄책감을 잘 풀어갔으면 좋겠어요. 나는 왜 이럴까 자꾸 들여다보는 연습을 하는 것도 하나의 방식인 것 같아요.

KWEN 갑자기 궁금해졌어요. 린이 제일 좋아하는 음식은 뭔가요? 즐겨 먹는 음식이라든지.

린 김밥! 김밥을 엄청 좋아해요. 물론 햄, 계란, 맛살, 어묵 등은 빼고 먹어요.

KWEN 그럼 먹을 수 있는 게 밥, 김, 단무지, 오이, 당근 정도?

린 우엉도 있고, 단골집에서는 유부나 청양고추를 넣어주시기도 해요.

힙하고 트렌디한 비건이라면?

KWEN 에코페미니스트들의 컨퍼런스에서 본인이 속

　　　　　　　　　　　비건은 그런 것이 아니다 린

한 그룹을 너티 비건스Naughty Vegans라고 소개해주셨잖
아요. 어떻게 모이게 된 건가요?

린   최근에 너티스Nutties로 이름 바꿨어요. 영어로 고
넛츠Go nuts라고 했을 때 '돌아라, 미쳐버려라'라는 뜻이
있거든요. 너티와 발음이 비슷해서 의미는 가져갈 수
있을 것 같고요. 이중적인 의미죠.

저희는 작년 6월쯤 비건 관련해서 관심 있는 사람
들이 서로 친구들을 소개해주면서 모이게 됐어요. 현
재 멤버는 4명이고요. 저희는 일반인들이 가지고 있는
비건을 향한 편견을 깨고 싶어요. 예를 들면 가게에 비
건 옵션이 있어도 준비하지 않는 경우가 있어요. 잘 안
팔리니까. 카페에서 두유가 잘 안 팔려서 상한다는 이
유로 두유 옵션을 주지 않는 거죠. 비건이 익숙하지 않
고 뭔가 맛이 없을 거라는 편견 때문이에요. 저희는 이
런 편견들을 깨고, 비건이라는 문화가 굉장히 힙하고
트렌디하다는 인식을 심어주고 싶어요. 예를 들면 어
떤 상품이 맛있거나 좋아서 계속 구매했는데 알고 보

니 비건이더라 이런 거죠. 논-비건이든 비건이든 비건이 가지고 있는 가치를 나눌 수 있게요. 그리고 채식인들 입장에서는 너무 놀 게 없어요. 다양한 채식인들의 욕구를 좀 풀어주고 싶어요. 채식인들도 행복하게 살 권리가 있으니까요.

KWEN 생긴 지 얼마 안 됐고 네 분이서 하는데 굉장히 스케일이 커요. 한강에서 비건 크루즈 파티를 열기 쉽지 않았을 텐데요. 어떻게 그런 기획을 하게 되셨나요?

린　　현실적인 문제가 아닐까 싶어요. 대관하는 곳이 값이 비싸고, 값이 비싸면 사람들을 많이 모아야 하니까요. 안타깝게도 비건에서는 소비력이 좀 안 되니까 아무래도 티켓 가격을 낮출 수밖에 없고, 그러면 사람들이 더 많이 와야 하고, 많이 오게 하려면 또 상품성이 있는 걸 더 개발해야 하고, 이러니까 자꾸 스케일이 커지는 거예요. 간단하게 술 먹고 밥 먹는 것에서 끝나면 좋겠는데 (웃음) 그렇게 되지가 않더라고요.

　　　　　　　　　　　　　　　　비건은 그런 것이 아니다 린

또 하나는, 두 가지 언어를 가지려고 하는 것에서 일이 커지는 게 아닐까 싶어요. 주류의 언어를 가지고 싶은데 비건은 비주류의 언어잖아요. 비주류의 언어로 주류의 입맛에 맞추려고 하니까 일이 커지는 거죠. 아직은 두 가지의 언어를 완성시키기 위해 노력하고 있어요.

KWEN 우리나라도 요새 비건 카페나 식당이 늘어나고, 사람들이 그런 곳들을 일부러 찾아다니고 인증샷을 올리는 등 힙한 문화로 받아들여지고 있는 게 보여요. 근데 비거니즘이 소비자들의 라이프 스타일을 바꾸는 측면도 있는 것 같지만, 어떤 부분에서는 돈이 되는 또 다른 소비 문화로 비춰지는 느낌도 있어요. 이런 점에 대해서는 어떻게 생각하세요?

린 전 비건에 대해서 강의를 많이 하고 개인적으로 소신을 지키는 것도 좋지만, 어느 정도 사람들의 입맛에 맞춰주는 게 오히려 운동이 아닐까 생각했어요. 비건에 관심 있는 사람들 모임에 나가고, 동물권 캠페인을 하고, 책 모임을 하는 등 계속 활동을 하는데 생각보다 사람들이 잘 안 모였어요. 왜 이렇게 내가 노력하는 만큼 안 되는가 고민을 하다가 그건 내가 원하는 것이지 사람들이 원하는 게 아니라는 생각이 들었어요. 사람들이 원하는 것을 해줬을 때 그들이 관심을 가질 테니까요.

물론 소비 자체, 자본주의 자체를 비판하는 입장에서 보면 어차피 이것도 소비를 부추기는 것이고 트렌드가 바뀌면 다시 돌아가는 게 아니냐는 생각들도 있을 거예요. 하지만 비건이라는 게 아직은 생소하기 때문에 트렌드가 비건에서 다른 것으로 바뀌기에는 아직 파워가 미미하거든요. 어느 정도 질려야지 유행도 변하는 건데, 비건은 아직 질릴 수가 없는 거죠. (웃음) 생각보다 정말 비건 관련한 것들이 없거든요. 비거니즘이 궁극적으로는 일회적으로 소비되지 않고 하나의 문화로 자리 잡으면 좋겠어요. 그렇지만 소장 가치 있게 만들고 표현해서 상품화해야 소비되는 부분이 있고,

소비가 되어야만 사람들 머릿속에 조금이라도 남게 되는 게 현실이거든요. 한국은 이제 막 진입하는 단계니까 주류와의 갭을 메워야 한다는 생각을 해요.

미국의 경우는 친환경 가게들이 많은데, 자원봉사자들이 주축이 되어 운영하는 곳도 많거든요. 저도 궁극적으로는 그런 걸 바라요. 수익금이 100% 좋은 곳에 쓰일 수 있는, 아니면 자원 활동으로 운영할 수 있는. 하지만 한국은 아직 그럴만한 문화 수준이 안 됐고 인력도 부족해요. 독일처럼 이미 비건 소비 문화가 활발한 곳에서는 말이나 행동으로 운동하는 방식이 소비 문화를 창출하는 것보다 나을 것이라고 생각하지만 한국에서는 소비 문화조차도 너무 부족해요.

딜레마도 있어요. 예를 들면 파티를 한다는 것 자체가 쓰레기를 배출하는 거니까 환경 문제가 생기고, 장소 섭외할 때 장애인들을 위해 문턱이 없는 곳을 찾는데 그런 공간이 적고, 퀴어 프렌들리, 페미니스트 프렌들리라고 명시를 해도 행사 과정에서 우리가 의도하지 않은 일이 일어나고, 그런 수많은 결들이 있어요. 이걸 아무리 생각해도 한꺼번에 해결할 수 있는 방법이 없는 거죠. 그래서 저는 계속 투 트랙으로 가야 하는 것 같다고 이야기를 해요.

KWEN 방법론 이야기하실 때 저도 공감했는데, 가까이 있는 사람에게는 환경 문제나 채식이 사실 불편한 이야기이기 때문에 오히려 못할 때가 많아요. 이런 건 어떻게 해결하시나요?

린 　전에는 '이 사람은 마음이 열려 있으니까 이야기해도 되고 이 사람은 마음이 닫혀 있으니까 얘기하지 말아야지'라고 약간 이분법적으로 생각을 했는데, 내가 굳이 나누고 있었던 것 같다는 생각이 들었어요. 예를 들면 동물 동영상을 보여줄 때도 엄청나게 잔인한 것부터 조금 슬픈 것까지 다양한데, 그중에서 제가 선택할 수 있는 여지가 있음에도 보는 사람들이 이걸 다 수용하지 못할 것 같으면 전혀 이야기하지 않으려고 했던 거죠.

사람들이 공감을 못하거나, 공감을 하더라도 불편해하는 것에 두려움이 있었는데 오히려 저에게 보여줄 수 있는 용기가 필요했던 것 같아요. 이제는 다양한 동영상들 중에서 가장 약한 걸 보여주고 그에 대해 어떤 생각이 드는지 표현해달라고 적극적으로 요청할 수 있을 것 같아요. 그런 이야기들을 통해서 본인의 감수성이 어느 정도인지 성찰할 수 있게 되니까요.

우리는 모두 연결을 필요로 한다

KWEN 마지막 질문 드릴게요. 린이 에코페미니스트로서 지향하는 것은 무엇인가요?

린 저는 왜 제가 에코페미니스트라고 생각을 하냐면, 남성/비남성male/non-male의 구분이 생물학적 성별을 나타내는 게 아닌 권력 구조에 따라 나뉜다고 판단하는데 페미니즘은 그걸 분석하는 도구라고 생각하거든요. 저는 페미니즘 시각으로 인간 외의 것들을 자꾸 바라보게 되는 것 같아요. 환경 문제, 동물 문제 등을 남성/비남성의 구조로 바라보며 억압의 구조를 고려하고, 페미니스트로서 논리적으로 이야기를 하면서도 에코페미니즘의 돌봄과 공감의 윤리로 만나고 싶어요.

돌봄에 있어서는 페미니즘에서 비판하는 것처럼 일방적으로 남성에게 돌봄을 한다거나, 남성이 돌보지 않는데 여성이라는 이유로 돌봄을 한다거나, 이런 부분은 반대해요. 구조 안에서 특정한 사람이 계속 그걸 하도록 강요받는다면 반대하는 거죠. 그렇지만 돌봄 자체는 모든 사람이 원하고 받은 만큼 돌려주고 싶어 한다고 믿고 있는 것 같아요. 저는 그게 연결되어 있는 거라고 생각하고, 공생, 반려, 커뮤니언^{communion}이라고 생각해요. 동물과 사람 간의 관계에도 그런 게 필요하지 않을까요. ◉

여긴
여우책방이니까

지숲

본명 홍지숙. 과천에서 나고 자랐다. 2016년 국회의원 선거에 녹색당 의왕-과천 지역구 후보로 출마했다. 에코페미니즘 책방 여우책방을 공동 운영하고 있다. 『여우책방, 들키고 싶은 비밀』을 썼다.

동네 책방이 유행이다. 그렇지만 동네 책방이 정말 동네 사람들이 들락거리는 책방인지는 좀 의문이다. 필시 데이트하러 온 것 같은 손님들이 책방 구경만 실 컷 하고 정작 책은 인터넷으로 주문하더라는 주인들의 볼멘소리를 들은 적이 많다. 그런데 과천에 있는 여우 책방은 좀 이야기가 다르다. 동네 술집인 '별주막' 한쪽 서가 몇 개에서 출발해서 이제는 여기가 술 파는 책방 인지 책 파는 술집인지 좀 알쏭달쏭한 숍인숍*shop in shop* 형태로 거듭났다. 막걸리 잔을 기울이며 편안하게 음 주 독서를 할 수 있는 것은 물론이며, '여우별글여행'같 이 이름도 예쁘고 왠지 해보고 싶은 프로그램들이 꼬 박꼬박 열려서 책과 더 가까워지고 싶은 사람들이 모 일 수도 있다. 그리고, 이곳은^{아마도} 전국 유일의 에코페 미니즘 책방이다. 책방지기가 여성, 환경을 주제로 신 경 써서 고른 책들이 서가에 빼곡하다.

그러나 여우책방이 정말 특별한 이유는 이 작은 책 방이 과천 사람들에게 몹시 사랑받는 공간이기 때문이

다. 책값에 에누리도 없고 발품 팔아 불편해도 굳이 이 곳에 와서 책을 읽고 사는 동네 사람들 덕분에 여우책 방은 활기를 잃지 않는다. 어린왕자를 기다리는 여우 처럼 설렘 가득한 표정으로 우리를 맞이한 책방지기 '지숲'을 만나 그 알콩달콩한 이야기를 들었다.

KWEN　안녕하세요, 지숲님. 지숲이라는 별명이 너무 예뻐요. 무슨 뜻인가요?

지숲　제가 예전부터 SNS에 나무나 숲 같은 자연물 을 찍은 사진을 많이 올렸어요. 그걸 보고 한 친구가 '아, 지숲! 너무 좋아요' 이런 식으로 댓글을 달아줬어 요. 그 뜬금없는 '지숲'이라는 말이 저도 좋은 거예요. 그 이름을 붙잡아서 이후로 SNS 프로필도 '지숲'으로 바꾸고 이메일 아이디도 'zisoop'으로 만들었어요. 필 명이나 브랜드로 사용할 생각이었어요. 그런데 어떤 사람들이 부탁하지도 않았는데 저를 '지숲!' 이렇게 부 르는 거예요. (웃음) 그렇게 불리니 기분이 굉장히 좋

 여긴 여우책방이니까 지숲

앉어요. 그 이후로 자연스럽게 제 별명이 되었네요.

전직 출판 디자이너, 국회의원 선거에 출마하다

KWEN　　정말 기분 좋아지는 이름이네요. 지숲님 이력을 찾아보다가 여우책방을 하시기 전에 의왕-과천 녹색당 후보로 국회의원 선거에 출마하시기도 했다는 걸 보고 깜짝 놀랐어요. 아니, 이분 대체 어떤 분이시길래? 지금까지 어떤 일들을 하셨나요?

지숲　　첫 직장에서는, 대형 출판사의 디자이너로 일했어요. 대학생 시절부터 책 만드는 일을 좋아해서 여러 작업을 했어요. 그때는 기획부터 글을 쓰고 취재하고 디자인하고 제작해서 완성하는 모든 과정이 다 우리의 몫이었어요. 그런데 100명 이상의 조직에 들어가니까 저에게 주어지는 건 늘 완성된 기획과 글, 이미지더라고요. 받은 글과 이미지를 적당히 배치하는 게 제 일이었어요. 물론 그 안에서도 창조적인 작업들이 없는 것은 아니었어요. 하지만 그 밖의 일에는 관여할 수 없다는 점에서 소외감, 무력감을 느꼈던 것 같아요. 거대한 생산 라인의 일부에 불과하다는 느낌이었어요. 아마 저만이 아니라 한국 사회의 많은 노동자들도 다르지 않을 거라 생각해요. 목표를 여러 사람들과 함께 일하는 방법을 배우는 데에 두기로 했어요. 어느 정도 다른 사람들과 조화롭게 일할 수 있게 되었다고 판단했을 때 나오게 되었죠. 이후엔 프리랜서 생활을 하면서 크고 작은 프로젝트를 진행했어요. 한 번은 종교 단체에서 일한 적도 있었는데, 조직이 추구하는 가치와 조직이 운영되는 원리 사이에서 괴리를 느끼다가 결국 그만두었어요. 오랫동안 기독교 신앙생활을 해오며 구체적인 대안을 만들어나가고 싶은 욕망이 계속 있었는데, 이상은 이상일 뿐인 걸까 하고 많이 실망했어요.

그러다 2014년 지방선거에 녹색당 과천시장 후보가 출마해 선거운동을 하게 됐어요. 그런데 이 조직은 달랐어요. 지향하는 가치, 내놓은 정책을 선거 과정에서 고스란히 경험했어요. 그 급박한 선거 운동 과정에서도 작은 실천이 이뤄지는 데에서 크게 감동했어요. 함께하는 사람들 어느 누구도 덜 중요한 사람이 없었어요. 저는 정치를 잘 모르는 초짜인데, 저의 의견이 중요하게 경청되고 또 반영되는 게 굉장히 신기했어요. 이 사람들이 진짜로 해내겠구나 하는 희망을 봤죠. 이후로 녹색당에서 활동하며 많은 것을 배우고 성장하고 있어요.

우리 동네 책방 한번 해볼까?

KWEN 여우책방도 그런 마음에서 열게 되신 걸까요? 동네에서 에코페미니즘 책방 연다는 생각을 어떻게 하게 되셨는지요?

지숲 책 좋아하는 사람들은 다들 한번쯤 생각하는 것 같아요. '책방 하고 싶다.' 저에게도 그런 마음이 있었어요. 대학로에 있는 책방 '풀무질'을 운영하시는 은

종복 님이 가끔 『한겨레』에 칼럼을 쓰셨어요. 한 번은 유럽의 국가들이 동네 책방을 지원하는 여러 정책들을 소개하면서 우리에게도 이런 게 필요하다는 글을 기고하셨어요. 제가 그걸 페이스북에 공유했거든요. 근데 거기에 사람들의 댓글이 달린 거예요. '동네 책방 로망이 있어요', '저도요', '저도 하고 싶어요', '같이 할래요?' 그게 시작이었어요. 투자금도 여럿이 나누면 부담이 반으로 줄어들고, 책방을 지키는 것도 돌아가며 하면 되니까요. (웃음) 사실 그 당시에 저는 홈페이지나 페이스북 같은 걸 통해서 책을 계속 소개하며 시동을 걸고 책방은 천천히 만들어나가면 되겠다고 생각했는데, 모인 사람들이 다들 진지하게 해보겠다고 마음을 먹은 거예요. 지금 여우책방의 이사장이 된 피노^{박정원 님}가 "책방 콘셉트는 에코페미니즘으로 하고, 여자들의 우정이란 뜻을 담아서 이름은 '여우책방'으로 하자"고 이야기하는데 너무 좋은 거예요.

2016년 여름에 다섯 사람이 모였거든요. 근데 놀란

   여긴 여우책방이니까 지숲

게, 이 사람들 각자가 굉장히 많은 준비를 해온 거예요. 말만 무성한 경우가 많잖아요. 무척 신났어요. 자칫 방심하면 끌려가겠구나 하는 마음이 들 정도였어요. 그래서 저도 막 경쟁적으로 준비를 했죠. 8월 30일인가, 31일에 첫 모임을 했어요. 11월 11일에 온라인에서 책방 페이지를 열었고, 21일에는 오프라인 책방을 열었어요. 이것도 약간 우여곡절이 있었어요. 원래는 별주막 맞은편 공간에 들어가려고 했거든요. 그런데 건물주가 갑자기 월세를 50만 원이나 올린 거예요. 고민 끝에 저희 조합원이기도 한 깃털서형원 님이 운영하는 별주막에서 시작해보기로 했어요. 처음에는 조그맣게 시작했다가 점점 늘어나 이만큼이 된 거예요. 사실, 여우책방만으로는 이렇게 사람들이 좋아하는 공간이 되지는 않았을 것 같아요. 여우책방이 우리 쌀 막걸리와 전국의 제철 특산물을 다루는 별주막의 지향이랑 통하는 지점이 있고, 서로 어울리는 게 있어서 여기까지 온 것 같아요.

KWEN   그런데 왜 에코페미니즘을 콘셉트로 잡으셨나요?

지숲   2015년에 과천 녹색당에서 '세상을 바라보는 몇 가지 시선'이라는 책 읽기 모임이 있었어요. 당원 아닌 이웃에게도 열린 모임이었는데 마침 지금 책방 조합원 중에 세 사람이 그 모임에 있었어요. 거기서 처음 읽은 책이 『자급의 삶은 가능한가』였어요. 저는 그 책에서 '에코페미니즘'이란 개념을 처음 접했는데, 거기서 제가 바라던 세상 얘기를 다 하고 있더라고요. (웃음) "내가 하자는 게 '에코페미니즘'이었나 봐!" 하고 말하며 반가워했어요. 그랬더니 한 분이 제게 "자기 사상을 만난거야?" 하고 묻더라고요. 그런 공동의 기억이 있어서 이런 일들이 추진력 있게 갈 수 있었던 것 같아요.

부담은 적게, 함께하는 즐거움은 클수록 좋다

KWEN   책방 운영에 대해 구체적으로 여쭤봐도 될

    여긴 여우책방이니까 지숲

까요?

지숲   조합원이 총 다섯 명이고요. 막걸리 집 별주막에 전전세로 들어와 주막이 본격 운영되기 전 낮 시간을 중심으로 공간을 공유해요. 별주막에는 최소한의 임대료와 관리비만 내고 있어요. 책방은 오전 10시부터 오후 5시까지 열고, 별주막은 오후 4시부터 영업을 시작해요. 별주막 영업 전에도 별주막 술을 마실 수 있는데 그 일은 책방이 거들어요. 조합원 다섯 명 중에 두 사람은 자영업자라서 시간을 내기가 어렵고, 저를 포함해 피노, 피넛^{안소현 님} 이렇게 셋이 돌아가며 일해요. 책방을 처음에 열 때 저는 인건비를 받을 생각이 없었어요. 어떻게 받겠어요, 요새 책 팔아서 돈 벌기가 얼마나 힘든데. 그랬는데 "절대 안 된다, 당연히 인건비를 받아야 하고, 그럴 수 있는 경영 구조를 짜야 한다"고 강력하게 얘기하신 분들이 계셨어요.

　어렵게 인건비를 책정했는데 막상 돈을 받으니 너무 좋아요. 돈 버는 재미가 쏠쏠하고 (웃음) 그러다 우리가 일자리도 창출하고 싶다는 목표(?)를 갖게 되었어요.

KWEN   돈은 시급으로 받나요? 시급은 얼마인가요?

지숲   법정최저임금에 몇 백 원 더 보태 받아요. 6개월 정도 저희 셋 말고 다른 직원을 한 사람 둔 적이 있어요. 그 친구가 여기저기 알바 경험이 많은데 "아우, 여우책방은 꿀이죠!" 하더라고요. (웃음)

KWEN   운영 시간도 짧은데 넷이서 하면 수익이 나나요? 운영에 대한 고민이 부족하신 거 아닌가요? (웃음)

지숲   제가 책방 열었다고 하니까 친구가 동네 책방들을 인터뷰한 책을 선물해줬어요. 개성 있고 멋진 책방들 이야기였어요. 그런데 대부분 책방들이 책방의 진가를 못 알아봐주는 사람들과 아무리 열심히 일해도 수익을 내기 어려운 출판 유통 구조 때문에 많이 지쳐 있더라고요. 세상이, 사람들이 싫어지고, 더 힘을 내기 어려운 상황… 그걸 읽으면서 저는 되게 놀랐어요. 왜

냐면 (망설이다) 저희는 너무 재밌었거든요.

여럿이 일하니 수익을 나눠 가져가야 하지만 그만큼 각자가 벌이는 다른 일로 시너지가 일어나요. 책방에 골몰하는 것도 좋지만 조금 거리를 두고 볼 수 있는 기회가 되기도 하고요. 책방을 운영한다는 게 보기와 달리 자잘하게 신경 쓸 게 무척 많은데 혹여 내가 좀 지치더라도 다른 사람들 덕분에 책방이 굴러가니까 다시 힘을 낼 수 있어요.

여우책방이 동네 책방치고 상당히 수익을 내는 편이라고 들었어요. 그만큼 할 수 있는 것도 함께여서 가능한 것 같아요. 동네 책방이라는 게 다른 업종과 달리 동네 사랑방 같은 역할도 맡게 되거든요. 열심히 책을 읽고 소개하고 팔고, 동네 사람들이 모일 수 있는 접점을 여럿이서 꾸준히 만들고 끌고 가서 훨씬 활발하게 할 수 있어요. 사실 제일 큰 수익은 지역 도서관 납품으로 내고 있어요. 도서정가제 이후로 10% 이상 할인은 불가능하기 때문에 이왕이면 지역 서점을 이용하자는 분위기가 있거든요. 그 밖에도 지역 공공기관이나 기업들이 지역 책방을 이용할 수 있는 방법을 꾸준히 찾고 있어요.

KWEN 그렇군요. 책방에서 하는 모임들은 어떤 것들이 있나요?

지숲 고전 읽기 모임, 여성주의 책 읽기 모임, 글쓰기 모임, 희곡 읽기 모임 등이 있어요.

책방에서 하는 대부분 모임은 따로 '이끄미'가 없어요. 스스로 읽고 소화하는 것만이 내 것이 된다는 믿음으로요. 다만 고전 읽기 모임 같은 경우는, 아무래도 힘에 부쳐서 선생님 한 분을 모임에 모셨어요. 선생님께서 책방을 굉장히 좋아하세요. 자주 오시고, 심지어 본인은 술을 안 드시는데도 저희한테 고맙다면서 별주막 술도 사주시고 그래요. 제가 "선생님, 왜 이러시는 거냐"라고 여쭤봤는데 "책방을 만든 건 여러분이지만 책방을 완성하는 사람은 나와 같은 사람들이다. 여우책방은 이제 더 이상 당신들 것이 아니라 우리들 것이다”
이렇게 얘기하시는 거예요. 엄청 감동받았어요.

희곡 읽기 모임은, 우리 동네에 사는 프로 연극배우
와 함께해요. 그분이 책방에 찾아오셨다가 저희한테
낚여가지고 (웃음) 시작하게 됐어요. 이분이 좋은 대본
을 소개해주시면 같이 읽어요. 근데 선생님도 이 모임
에서 위로받고 좋아하시는 거예요. 모임에서 작품에
대해서, 배역과 대사에 대해서 충분히 대화하고 느끼
는 시간을 갖거든요. 근데 연극 현장에서는 함께 상상
해보고 연습할 수 있는 기회가 거의 없다고 하더라고
요. 아무래도 프로니까 그럴 테지만요. 희곡 읽기 모임
에서 최초의 열정이 회복되는 것 같다고 하셨어요.

그리고 글쓰기 모임도 계기가 재밌어요. 저희 조합
원인 깃털이 최근에 무슨 책을 내기로 계약을 하셨는
데 출판사에서 마감일을 정하긴 했지만 그래도 글을
꾸준히 써내려가는 게 쉬운 일이 아니잖아요. 그래서
2주에 한 번씩 본인도 글을 한 꼭지씩 쓰고, 사람들도

함께 쓰면서 서로 평가를 주고받는 기획을 하셨더라고요. 그런 식으로 나를 추동하고 서로를 또 추동할 수 있는 기회를 만드는 거죠.

그 밖에도 모임이 계속 만들어지고 있어요. 공간 활용도가 점점 높아지고 있는 것 같아 신기해요. 점점 더 많은 분들이 좋아해주고 계시기도 하고요.

KWEN   책방에서 최근에 「사막여우」라는 잡지도 내셨더군요. 앞으로도 볼 수 있는 건가요?

지숲   계속 내려고 해요. 다만 책을 만들고 팔아서 돈을 벌기가 쉽지 않잖아요. 콘텐츠도 대충 담아서는 안 되고. 그래서 지원 사업으로 제작비를 충당할 수 있는 방법을 찾고 있어요. 지금 당장 실행하긴 어려워도 무슨 글로 채울지, 그 글을 누구에게 맡길지 하는 것들은 계속 기획하고 있어요. 조급한 마음이 있지는 않아요. '그냥 때 되면 하겠지?' 하고 생각하고 있어요.

'나는 이 일이 왜 재미있고
역량이 발휘되는지'가 정말 궁금해요.
저만 그런 게 아니라
구성원들도 여기서 행복해하고,
조합원들과 손님들도
그 모습을 보면서 엄청 좋아해요.

KWEN　　지숲 님은 책방 외에도 다른 일을 하시나요? 프리랜서 디자이너로 활동하신다든지?

지숲　　저는 적게 벌어 적게 쓰며 책방 일에 집중하겠다고, 호기롭게 2016년 12월 31일에 모든 디자인 일을 그만뒀는데 다시 시작했어요. (웃음) 제가 먹고살지 못하는 건 아니었는데, 그동안 너무 주변에 신세 지고 산 것 같았어요. 다들 인간답지 못한 삶이라도 타협하고 견디면서 사는데, 나만 고고하게 살 수는 없다는 생각이 들더라고요. 저에게는 사회문화적인 자본이 있거든요. 누구한테나 그게 있지 않잖아요. 이를테면 제 벌이로는 신중해질 수밖에 없는 맛있고 귀한 음식을 사주는 사람도 있고요. (웃음) 돈이 없어도 인격적으로 존중받는 사회적인 위치에 있어요. 책방 운영 자체가 수준 높은 문화생활이기 때문에 결핍을 느낄 겨를이 없고요. 그리고… (한숨) 제가 여기서 커피 내리면서 책을 보고 있으면, 위층 야채 가게 직원 분들이 창고에 넣을 짐을 옮기며 수차례 왔다갔다하세요. 저희 층에 야채

　　　　　　　　　　　　　　　여긴 여우책방이니까 지숲

가게 창고가 있거든요. 그럼 따뜻한 데 앉아서 책을 읽고 있다는 게 괜히 부끄러워져요.

근데 그게 웃기기도 해요. 그분들 나름으로 즐겁고 힘차게 살아가고 있는데 말이죠. 저보다 돈도 많이 벌고요. 거기 장사 되게 잘 돼요. (웃음) 혼자 느끼는 자격지심이랄까요. 돈은 없지만 다른 부분들은 결핍 없이 지내고 있다는 데서 오는. 안 벌고 안 쓰고 사는 삶이 허세 같다는 생각도 들고. 내게 주어진 고마운 혜택들 덕분에 내가 이런 허세도 부리는구나, 이런 생각도 들고, 잘 모르겠어요.

여긴 여우책방이니까!

KWEN　여우책방 구성이 흥미로워요. '젊은 사람들끼리 모여서 한번 해보자' 이렇게 만들어진 게 아니라 다양한 연령의 여성들이 같이 만들고 일하고 있다는 게 특별하네요. 여우책방에서 일하는 게 어떠세요?

　　저는 여우책방에서 일하는 게 너무 재밌고 신나서 연구를 하고 싶을 지경이에요. 즐거울 뿐 아니라 역량이 활발하게 발휘되거든요. 그게 정말 궁금해요. 저만이 아니에요. 동료들도 여기서 행복해하고, 손님들도 그 모습을 보면서 좋아해요. 이런 것들을 경험하니까, 좋았던 것들을 막 복기해서 '그때 무엇이 우리를 그렇게 만들었을까' 이런 걸 분석하고 있어요. 그래서 저의 요새 관심사는 '조직'이에요. (웃음) 구성원들의 역량과 자율성과 재미가 발휘되어 함께 조화롭게 일하는 조직에 대해서 생각하고 있어요.

저는 페미니즘도 중요한 역할을 했다고 생각해요. 여기 모이는 많은 여성들이 이곳에서는 당위나 강압 같은 걸 느끼지 않는다는 고백을 많이 해요. 언젠가 손님 한 분이 어떤 말을 할까 말까 망설이다가 "여긴 여우책방이니까"라며 말문을 여신 적이 있어요.

한국 사회에서 여성들에게 요구하고 억압하는 것들이 있는데, 우리는 서로에게 그러지 않거든요. 그런 게 중요하지 않다는 걸 그냥 머리로만 아는 게 아니라 삶으로 아는 사람들이 서로 격려해주는 거예요. 저도 여기에서 일하면서 되게 많이 바뀌었어요. 저는 사실 내 안에서 감동이 느껴지지 않으면 일을 잘 못하는 타입이거든요? 근데 그것을 기다려주고 '너는 그런 사람이니까'라고, 알아주고, 기다려주고, 응원해주고, 그걸 해냈을 때 같이 기뻐해주는 그런 분위기가 여우책방에는 있어요. 그런 구성원들의 성숙도가 나를 바꾸고 나도 그럴 수 있는 사람으로 만들어주는 것 같아요.

KWEN   여우책방이 정말 대안적인 일과 조직 문화의 사례를 만들고 계신 것 같네요.

지숲   페미니즘 자체가 우리에게 해방을 줬잖아요. 서로가 갖고 있는 생명력이 어디로 뻗칠지 예측할 수 없는, 예측하더라도 그대로 되지 않는 걸 같이 기뻐하며 신기해하는 분위기가 있어요. 어느 날 움튼 새싹을 발견했을 때 기뻐하는 것처럼. (웃음) 계속 연구해볼게요.

있어줘서 고마운 당신

지숲   그리고 정말 고마운 건 우리 책방 손님들이에요. 우리 책방 손님들은 책을 꼭 여기서 사요. 저희는 정가 판매인데다가 직접 와서 가져가야 해서 몹시 수고스러운데 꼭 그렇게들 하세요. 전라도 광주에 계신 어떤 분은, 생태여성주의 책만큼은 여우책방에서 사고 싶다며 택배비까지 부담하면서 주문을 하세요. 저희가 책 사면 쿠폰에 도장을 찍어드리는데 그것도 안 찍겠다고 하는 분도 있어요. 책방이 없어지면 안 된다고. 신기하죠? (웃음)

물론 운영이 잘 안 되면 그런 기쁜 마음이 들기 어려울 수 있지만, 저희 구조가 월세, 유지비가 그렇게 많이 들지 않는 구조라 인건비를 충당할 수 있는 게 다행이에요.

처음에는 수입에 관심이 없었는데 지금은 '이게 우리를 지속가능하게 하고 있구나'라는 걸 느껴요. 동네 일을 하다 보면 당연히 대가를 안주는 분위기가 있어요. 주더라도 소홀하게 주거나. 근데, 책방을 하면서 이게 중요하다는 것을 안 뒤로는 저도 반드시 물어봐요. "얼마 주실 수 있어요?", "인건비는 책정돼 있어요?" 예전에는 보수에 대해 물어보는 걸 되게 낯뜨겁게 생각하고 그냥 주는 대로 받았거든요. 근데 지금은 저도 정직하게 요구하고 책방에서도 누군가를 모실 때 반드시 대가를 드리려고 노력해요. 그래서 그만큼 행사를 많이 못하는 것도 있어요. 그래도 이분들을 귀하게 모셨고, 모신 분에게도 당신은 귀한 사람이니 우리가 이만큼의 정성을 보여주고 싶다는 마음이 있어요.

책방에서 여러 가지 불편을 감수하면서 응원해주시는 분들 덕분에 위로받고 힘을 얻어요. 사람들을 만나는 기쁨이 제일 큰 것 같아요. ◉

정치하기
딱 좋은 그녀

고은영 | 서울 왕십리에서 태어났다. 30여 년을 산 서울을 떠나 제주로 이주했다. 2018년 지방선거에 제주도 도지사 후보로 출마해 득표율 3위를 기록했다. 자칭 제주 성덕(성공한 덕후). 제주 KBS 시사프로그램 〈우영팟〉, YTN 〈노종면의 더뉴스〉에 출연 중이다.

　2018년 6월 전국동시지방선거, 걸 크러쉬 고은영은 뻔해 보였던 제주도 선거판에 불어닥친 녹색 바람이었다. 특히 '여자가 무슨 정치냐', '정치하기엔 너무 어리지 않냐'라는 말에 '여자라서 잘한다', '제 나이가 정치하기 딱 좋은 나이'라는 말로 받아쳤다는 일화에 속 시원했던 사람들이 많았을 것이다. 그 신선함이 득표율 3위라는 놀라운 결과로 이어진 걸지도 모르겠다.

　숨가빴던 선거가 끝나고 고은영은 진짜 정치인이 되어 제주도 사람들과 일상을 함께하며 지역 정치인으로서의 발판을 단단하게 다지고 있다. 무엇보다 제주도 제2공항을 반대하는 천막촌, 비자림로 건설 반대 현장에 항상 그녀가 있다는 사실은 고은영이 추구하는 정치의 좌표를 보여준다. 제주도 관광객 숫자보다 작년 월정리 앞바다에서 해녀들이 몇 번이나 물질했는지가 중요한 사람, 여성들은 마을 제사조차 참석하지 못하는 제주에서 도지사가 되어 한라산신제를 주관하겠다는 불경한 야망을 품은 여자, 고은영을 만났다.

KWEN 안녕하세요, 자기소개 부탁드립니다.

고　　　안녕하세요, 저는 한국 사회에 계속해서 편지를 보내는 정치인 고은영입니다.

　　제가 얼마 전에 『민중의 소리』라는 매체에 제주에서 일어나는 환경 파괴와 토건 사업들에 대해 '제주가 이런 방향으로 가면 안 되지 않나요? 제주 사람들은 이렇게 생각합니다'라는 말을 하고 싶어서 글을 썼는데 정말 많은 분들이 공감을 해주셨어요. SNS에서 4천 건이 넘게 공유되었더라고요. 사람들이 어쩌면 제주의 목소리가 묻어나오는 편지를 받고 싶어할 수도 있겠다는 생각이 들어서 이렇게 소개를 해봤습니다.

재개발 동네에서 자란 소녀, 성공을 꿈꾸다

KWEN 정치인이 되기 전의 고은영 님은 어땠는지 궁금합니다. 10대, 20대 모습은 어땠나요?

고　　　저는 왕십리에서 30년을 살았어요. 그 동네의

변화 과정을 다 지켜봐왔죠. 서울에서 뉴타운 사업을 막 시작한 곳 중 하나가 왕십리였어요. 그래서 중학교 때부터 6년 동안 회색빛 공사장을 거쳐 학교를 다녔죠. 음악 듣는 것을 좋아했기 때문에 15살 때부터 홍대에 인디 밴드 공연을 보러 다녔어요. 그때는 홍대에 지금의 거대 자본이 들어오지 않았을 때였고, 민속 주점, 떡볶이 집 같은 곳들이 엄청 많았었죠. 클럽에서 교복 차림으로 헤드뱅잉하고 놀면서 제가 원래 몸담고 있던 세계와 저를 분절하려고 노력했던 것 같아요. 재밌고 다이나믹한 곳에서 놀면서 칙칙한 공사장 등굣길, 가난했던 집과 나를 분리하고 싶은 욕망이었죠.

저는 주류 사회에 편입되고 싶어서 몸부림치던 도시의 아이여서 대학교에서도 무역을 전공했는데, 경쟁력이 없으면 도태되는 것이 당연한 자본주의 시스템에서 그 시스템을 또 발전시키는 학문을 공부했던 거죠. (웃음) 학교 다니면서 아르바이트도 열심히 했어요. 온갖 것들을 다 해봤는데, 마지막 학기에 전경련에서 인턴십 프로그램을 하게 됐어요. 홍보 관련 업무를 맡아서 언론과 소통하고 보도자료를 쓰고 뉴스를 모니터링하는 일들이 저에겐 신세계였어요. 그래서 홍보대행사에 취직했고요. 한 4, 5년은 되게 잘나갔어요. 회사에서 가장 큰 클라이언트를 1년 차 되기 전에 맡을 정도였죠. 일을 정말 열심히 했거든요. 하루에 네 시간씩 자면서 열심히 살았어요. 저는 성공하고 싶었고 할 수 있을 거라고 생각했거든요. 당시 신규 홍보대행사의 사장들 중에 여성이 많았고, 유리천장을 깨는 여성들이 조금씩 사회에서 가시화되면서 저도 할 수 있을 것 같았죠.

그런데 시간이 지날수록 더는 못하겠다는 생각이 들더라고요. 제가 대형 의류 브랜드의 홍보를 하게 되었는데, 사실 많이들 아시겠지만 그런 기업들은 우리나라 6,70년대 여공들을 쥐어짰던 것처럼 동남아 방글라데시 같은 곳에서 엄청 공장을 돌리고 있어요. 이런 걸 알면서도 홍보를 해야 한다는 게 너무 괴로웠죠. 어렸을 때 저는 빈곤층이었고, 저희 어머니께서 공장에

     정치하기 딱 좋은 그녀 고은영

서 일하셨거든요. 그런 것들이 저를 구성하는 일부인
데 이게 현실과 계속 충돌이 됐으니까요.

그날 이후, 서울에서 살 수가 없었다

고　　　깊은 고민 끝에 홍보대행사를 정리하고 내가 납
득할 수 있는 홍보 일을 해야겠다고 결정했죠. 그래서
비영리 단체에 들어갔는데, 제가 했던 일이 인체 조직
기증 관련 업무였어요. 그 일을 하면서 너무 만족스러웠
어요. 틀을 뒤집는 일은 아니었지만 제 가치관과 충돌하
지 않는 착한 일을 하면서 만족감을 느낄 수 있었죠.
　그러던 어느 날, 협력 기관과 아침 일찍 미팅이 있었
어요. 2014년 4월 16일이었죠. 그날을 아직도 기억해
요. 미팅 장소로 가면서 뉴스를 봤는데 배가 뒤집혔대
요. 근데 전원 구조했대요. 그리고 미팅을 시작하게 됐
죠. 긴 미팅이 끝나고 사무실로 돌아가는 길에 지하철
에서 뉴스를 또 봤죠. 뭔가 이상한 거예요. 사무실에 가

니까 사람들 표정이 다 안 좋고, 그날 이후 모든 캠페인을 중단하고 한 달 이상 아무 일도 못했어요. 어떻게 그 상황에서 인체 조직 기증과 생명 나눔에 대한 메시지를 보낼 수가 있겠어요. 한 달 동안 모든 직원이 거의 우울증에 빠지다시피 했는데, 할 일이 없으니까 뉴스만 보는 거예요. 보면서 계속 울고. 저는 그날을 겪으면서 제가 홍보대행사를 정리했던 마음, 그 마음이 다시 들었다고 해야 할까요. 도저히 서울이라는 대도시에서 살 수가 없겠더라고요. 이 체계, 이 시스템 자체를 부정하고 싶은 마음으로 모든 걸 버리듯 제주도로 왔던 거죠.

제주도 분들이 저에게 선거 끝나고 왜 다시 서울 안 가냐고 물어보시는데, 저는 정치적 야망이 있어서 제주도로 내려온 게 아니에요. 새 삶을 찾고 인간성을 회복할 수 있을 것 같았던 곳이 제주도였기 때문에 오게 된 거예요. 어떻게 보면 환상을 가지고 온 거죠. 대도시와는 다른 체계라고 생각했었는데, 알고 보니 제주는 개발에 소외됐다는 인식이 수십 년간 깔려오면서 오히

정치하기 딱 좋은 그녀 고은영

나는 제주에
생명평화의 섬
식생하는 ♡♡
고은 영
입니다.
Peace
&
Love

려 더욱 압축적인 성장 중이었죠. 거기에 군사 기지까지 생기고 있고요.

나는 도시의 체계와 시스템을 버린다고 여기 온 건데 여기서도 같은 게 눈에 보이니까 활동을 안할 수가 없어서 녹색당 활동을 시작했어요. 사실 창당 때부터 당원이긴 했지만 본격적인 활동은 제주에 와서 하게 됐죠. 지금은 없어졌는데 십시일반 모금을 해서 만든 '강정평화책방'이라는 곳이 있었어요. 제가 그곳에서 제주 녹색당 서귀포 모임지기가 되면서 당 활동을 시작했는데, 모임지기가 되면 당연직으로 제주 녹색당의 운영위원이 되는 방식이라 운영위원도 됐다가, 1년 정도 후에 제비뽑기로 갑자기 운영위원장이 됐어요. 가뜩이나 정당에 대한 이해도 없는데, 이제 막 알아듣기 시작하고 눈이 생기는 과정 중에 선거가 다가온 거예요. 그래서 출마를 하게 됐고, 이후 지금에 이르게 되었죠.

나는 떡갈나무 혁명을 꿈꾸는 도토리

KWEN 창당 시절부터 녹색당 당원이셨군요. 녹색당은
어떻게 참여하게 되셨나요?

고　　홍보대행사를 그만둘 무렵에 「시사인」이라는 주
간지를 구독했는데 거기에 녹색당 김수민 의원이 고정
적으로 의정 칼럼을 썼었어요. 실제 정치가 사람들의
삶을 어떻게 구체적으로 바꿔나가는지, 지역구 의원들
이 무슨 일을 하는지 그걸 읽고 알게 됐어요. 그분을
통해서 녹색당을 알게 된 거죠. 녹색당, 이름부터 굉장
히 래디컬해서 보기만 해도 뭔가 근본적인, 뿌리를 건
드리는 이야기를 하는 정당이겠다 싶었죠. 관심이 생
겨서 녹색당 홈페이지에 가봤는데 강령이 있었어요.
지금까지 제가 읽어본 가장 아름다운 에세이가 녹색당
의 강령이에요. 그중에서 좋은 부분은 '떡갈나무 혁명'
이라는 표현이에요. 그 표현은 자본을 뒤집고 권력을 뒤
집어서 쟁취해야 하는 많은 것들 중 하나가 우리의 생

존을 위한 '환경'이라는 걸 내포하고 있어요. 정말 전율을 했죠. 지금 살고 있는 2019년의 세계에서 무엇을 이야기해야 할 것인가 생각한다면 저는 그게 떡갈나무 혁명이라고 생각해요. 우리는 각자가 '도토리'고 떡갈나무 혁명을 일으킬 씨앗이니까요. 그걸 위해 제주에서 노력하고 있습니다. (웃음)

〈녹색당 강령〉

우리는 '녹색당'이라는 작은 씨앗입니다. 이 씨앗을 싹 틔워 인류가 지구별의 뭇 생명들과 춤추고 노래하는 초록빛 세상을 만들려고 합니다. 우리는 작은 도토리 하나가 만드는 떡갈나무 혁명이며, 여러 무늬와 색깔을 가진 자유로운 사람들의 연합입니다. 우리는 지구별의 생명을 지키는 지구의 아이들입니다. 우리는 정의롭고 평화로운 세상으로 향하는 나침반이자 등대이며, 녹색 전환의 씨앗을 심는 농부입니다. 우리는 보이는 것과 함께, 공기의 순환이나 에너지의 흐름, 그리고 생명의 고동처럼 보이지 않는 것들의 변화를 중요하게 여깁니다. (후략)

KWEN 굉장히 빨리 본격 정치판에 뛰어들게 되셨는데, 정치를 시작하실 때 두려움은 없으셨나요? 선거를 겪고 나서 어떤 변화가 있으셨는지 궁금합니다.

고　　선거 때는 오히려 집중하는 기간이었고 데드라인이 있는 상태에서 엄청 바빴기 때문에 실제 체감이 잘 안됐어요. 간담회 같은 게 아니면 유세할 때 짧게 듣는 이야기 정도가 반응의 척도였는데, 선거가 끝나니까 이게 얼마나 엄청난 일이었는지 알겠더라고요. 득표율이 정말 실화인가 싶을 정도로 대박이었거든요. 아마도 제주의 상황에 대해, 제주 사람들은 자신의 언어로 구체적으로 표현은 못해도 뭔가가 지금 잘못되고 있고 이건 아니라는 걸 다들 알고 계시다고 생각해요. 그런 분들이 저에게 표를 주셨겠죠. 제가 적확한 후보라서가 아니고요. 꼭 고은영이 되어야 한다고 생각하셨던 분들은 많지 않았을 거예요. 저는 뭔가 확실한 약속을 던질 수 있는 후보가 아니었거든요. 오히려 선거 이후에 지역 매체에서 일주일에 한 번씩 시사 토크를 하고, 제주의 사건 사고들을 다 쫓아다니다 보니 이제 좀 구체적인 신뢰를 받기 시작한 것 같아요.

KWEN 본인 스스로 페미니스트 정치인이라고 말씀하셨는데 부담이 되시진 않나요?

고　　선거가 끝난 다음에 페미니스트들의 정치와 오랫동안 서구권에서 계속되어온 여성 운동이 어떻게 사회를 변화시켰는지 논문들을 찾아 읽었어요. 그중에서 저한테 가장 메시지가 꽂히는 게 에코페미니즘이더라고요. 아룬다티 로이라는 인도의 작가가 있어요. 그 작가가 『자본주의: 유령 이야기』라는 책을 썼는데, 그걸 보면서 제주에서 일어나고 있는 일들이 10년 전 인도에서 있었던 일들과 똑같다는 걸 느꼈어요. 권력자들의 정쟁과 전쟁, 기업들의 자본 논리, 이런 것들에 공동체와 사람들이 엄청나게 무너지고, 쪽쪽 빨리는 장면들을 보면서 '아 이거 제주도인데' 이랬어요.

　요즘 하고 있는 정치학 세미나에 그런 내용이 나와

　　　　　　　　　　　　정치하기 딱 좋은 그녀 고은영

우리가 가지고 있는 것들이 무엇인지,
지속가능한 사회로 발전시킬 수 있는 자원들이
뭔지 봐야 한다고 생각해요. 그게 어느 공간에서는
사람일 수 있고, 어느 공간에서는 자연일 수 있고,
다양할 수 있다고 생각합니다. 늘 똑같은 포맷으로
복사하고 붙여넣기하는 것이 아니라 원래 가지고
있는 것에 대한 잠재력을 평가하고 거기에 따른
사회 전환이 필요하다는 생각이에요.

요. 사람은 원래 자신의 욕구에 대해 100이면 90은 잘 표현을 못하는 존재이기 때문에 호명하는 것이 굉장히 중요하다고요. 누군가가 미처 얘기하지 못했던 부분을 먼저 호명하는 것은 정치적으로도 중요한 일이라고요. 그래서 저는 제가 기척을 느낀 부분을 언어화해서 주변에 계속 얘기하려고 노력해요. 그중의 하나가 페미니스트고요. 저 역시 오랫동안 페미니스트라고 호명받지 못했죠. 그렇지만 지금은 왜 스스로를 페미니스트라고 생각하지 않았는지 의문이에요. 지금은 너무 자연스러운 일인데. 다른 사람들에게 '당신은 페미니스트'라고 호명해주기도 했어요. 웃어넘기는 사람들도 있는데 저는 그게 다 씨앗이 될 거라고 생각해요.

제주 여성 경제 활동 지수는 1위, 사회 참여는?

고   제주의 성평등 인식 문제를 얘기하지 않을 수가 없는데요. 제주가 전국에서 여성들의 경제 활동 지수가 가장 높아요. 제주 하면 해녀를 바로 떠올리는 것처럼 오래전부터 제주가 가지고 있었던 정체성과도 맞닿아 있고요. 제주의 여성 청년들도 생활력이 굉장해요. 그런데 문제는 경제 활동 이외에는 여성이 보이지 않는다는 점이에요. 의사 결정 부문과 가사 분담 비율이 굉장히 낮거든요.

제주는 아직 신의 문화, 정신문화가 많이 남아 있는 곳이라 1년에 한 번씩 바다의 신에게 드리는 해신제, 제주 전체의 안녕과 한라산에 등반하는 사람들의 안녕을 기원하는 한라산신제를 지내는데 여성은 피 흘리는 불경한 것이라 (웃음) 제사 자체에 들어갈 수가 없어요. 근데 또 완경 여성은 괜찮다는 새로운 규칙이 만들어져서 할머니들이 제사 음식을 만들어요. 기가 차죠. 마을에서도 여성들은 마을회와 청년회에 들어갈 수 없고 부녀회에만 들어갈 수 있어요. 성평등 정책관도 얼마전에 처음 생겼는데 그 정책관이 되신 분도 젠더 분야 전문가가 아니라 언론인 출신이에요. 성평등에 대한 비전을 기대할 수 있을까요? 이게 지금 제주예요. 성차별이 굳건한 땅이거든요. 여성 청년들이 마을에 있고 싶어 하겠어요?

내가 여기서 생존하는 것 자체가 문화를 바꾸는 거라고 생각해요. 그리고 아직까진 잘 생존해 있단 생각이 들고요. 어머님들이 저 되게 좋아하세요. 심지어 얼굴 보면 우시는 분들도 계셨는데 본인이 하지 못했던 것들을 저한테 투영하시는 게 있는 것 같아요. 선거 운동 나가면 "오늘도 초록색 양말 신었네요" 이렇게 사소한 것 하나하나를 다 알아봐주시는 분들도 계시고요. 같은 여성이라는 이유로 이렇게 주목해주실 수 있구나, 나오길 잘했다 싶었죠. 제 목표가 제주 도지사가 되어서 한라산신제 지내는 겁니다! (웃음)

KWEN 출마하시면서 제주도 여성, 이주민, 청년을 대표하신다고 하셨잖아요. 여성 분들의 이야기는 앞서 들었고, 이주민, 청년 쪽은 반응이 어땠나요?

정치하기 딱 좋은 그녀 고은영

고　　　저는 요 몇 년 새 어려워진 경제, 어려워진 취업 상황에 대해서 구체적으로 해법을 제시하진 못했어요. 지킬 수 없는 약속이라고 생각했거든요. 취업은 대통령도 해결 못하잖아요. 당장 '카지노를 개발해서 수천 명 일자리를 만들겠어' 이런 이야기를 할 수 없었어요. 그래서 청년들에게 인기가 없었습니다. (웃음) 다만 우리가 가진 일자리 대안에 대해 다음 선거에서는 좀 더 구체적으로, 매력적으로 들릴 수 있게 모델 같은 것도 한두 개 만들어볼 순 있지 않을까 생각하고 있죠. 지금 청년들 상황이 굉장히 안 좋잖아요. 그런데 지역의 청년들은 더 장난 아니거든요.

이주민 분들도 제주도에 많이 계신데, 아이를 키우기 위해 이주한 가족들이 되게 많거든요. 그중에는 다른 곳으로 떠날까 고민하고 계신 분들도 많아요. 최근 10년 안쪽으로 이주하신 분들은 제주의 빠른 상승세와 하락세를 다 체감하고 계셔서 제 얘기에 무척 공감을 하셨어요. 제가 선거에서 내세웠던 것들이, 제주의

환경을 저해하고 관광 산업에만 집중된 토건 사업 중단, 제주가 원래 가지고 있는 생태적인 가치를 비전화할 수 있는 법률 제정, 무상 청년 기숙사, 무상 버스 등 다양한 사회 서비스의 가격을 낮추고 기본 소득을 제공하고 자치 활동을 보장하는 내용이었거든요. 이런 것들에 공감해주신 분들이 굉장히 많았죠.

제주 난개발은 여성들이 막는다

KWEN 제2공항 반대 싸움을 하고 계신 분들 중에 여성분들이 굉장히 많은 걸로 알고 있는데, 상황이 어떤가요? 어떻게 싸우고 계신가요?

고 제2공항 건설에 대한 설문 조사를 하면 반대하는 사람들은 압도적으로 여성이 많아요. 지금 도청 앞 천막촌이라는 공간을 통해 농성하고 있는 사람들, 연대해주는 단체들, 면면을 살펴보면 거의 여성이 3분의 2 정도를 차지하고 있어요. 덕분에 여성들이 쉴 수 있는 여성 천막, 여성 단식자들이 모여서 단식을 할 수 있는 페미니즘 시민 천막이 들어섰죠. 기존 단식 농성이나 천막 농성이 위험성을 근거로 여성을 배제하는 형태로 투쟁을 해왔는데 지금의 이 공간은 달라요. 여성들이 주도하고 있죠. 투쟁의 프레임도 우리가 조금씩 바꾸고 있다는 생각이 들어요. 그리고 여성 농민회 분들이 그렇게 자주 뭘 주러 오세요. 천막촌 참여자들 연령이 낮은 편인데 그분들은 정말 언니 같은 느낌이세요. 뿐만 아니라 중요할 때 오셔서 자리를 지켜주시는 걸 보면서 지역의 여성 주체들이 천막촌이라는 친밀도가 높은 공간에서 상시적으로 접속을 하고 교류가 이루어지는 게 우리 농성의 가장 큰 성과 중 하나라는 생각이 들어요.

KWEN 제2공항 싸움은 어떤 단계에 와 있나요?

고 　　　오늘이 고비예요. 오늘 국토부에서 주민들에게 설명회를 열겠다고 오거든요. 국토부가 지난달에 기본 계획 수립 착수 보고회를 세종시에서 했어요. 제주도 공항 사업을 제주도민에게 보고하지 않고 국토부 공무원에게 보고했죠. '이거 열지마라 중단해라, 제주도민을 불러라', 이런 요구가 다 결렬되어서 그날 결국 아침 일찍 국토부에 당사자 지역 대책회 분들이 올라가셨는데 문전박대를 당했죠. 국토부는 그냥 추진을 해버렸고 그날 이후로 용역들이 붙었어요.

오늘 주민 설명회를 한다고 이틀 전에 통보를 해서 사람들이 다 그거 저지시키려고 갔어요. 절차 충족시키기 위한 요건일 수 있거든요. 아까 핸드폰 막 보다가 왔는데 입구에 다 좌정하고 있어요. 지금 어떻게 되고 있는지 모르겠네요. (한숨) 제주도민 입장에서는 이 사업을 찬성하든 찬성하지 않든 무시당하고 있는 느낌이 드는 거예요. 비율상으로 보면 성산에 사람이 많이 살아요. 근데 이렇게 무시하고 진행하고 있는 거죠. 서울, 경기에서는 이런 게 가능이나 한가요?

자본이 아닌, 삶을 중심으로 하는 개발

KWEN 제주도 내 개발과 토건 사업들의 가장 큰 문제점이 뭐라고 생각하시나요?

고   신당 문화, 정신문화, 자연, 공동체 문화, 마을 안의 이야기들처럼 제주가 원래 가지고 있는 거대한 내러티브^{narrative}가 있어요. 근데 원래 있는 것들을 바탕으로 시너지를 내고 발전시킬 수 있는 방향의 개발이 아니라 육지의 시선, 자본의 시선, 제주를 타자화하는 시선으로 제주가 개발되고 있는 게 가장 큰 문제예요. 그 고리를 끊어내고 싶어서 선거에 출마한 거고요. 그 정점에 있는 국책 사업이 제2공항이에요. 관광객을 더 많이 받겠다는 건데 이미 제주는 생태 수용력이 떨어져서 오수가 콸콸 나오고, 해녀들이 물질도 할 수 없게 바다가 망가지고 있고, 용천수가 말라가고 있어요. 제주는 물이 없으면 무인도가 되는 곳이잖아요. 근데 지하수가 관측 이래로 계속 최하점을 찍고 있어요. 농업

용수 조달이 갈수록 힘들어지고 있는 거죠. 그런데 이런 상황에서 지하수를 쓰는 워터파크를 운영한다는 놀라운 발상이라니요.

관광지 사이사이에 도로를 내고, 해군 기지를 운영하기 위해 계속 도로를 내고 있어요. 그러면서 차량이 최근 10년간 두 배 정도 불었어요. 제주도의 인구가 70만 명 정도 되는데 등록된 차량이 55만 대예요. 웬만한 세대에는 차 한두 대가 다 있을 정도로 급속도로 차량이 늘어난 거죠. 그런데 대중교통은 최근 30년 만에 겨우 개편이 됐어요.

이렇게 제주가 원래 가지고 있는 것들을 뚝뚝 끊어내는 방식으로 개발이 되면 거기에 사람들이 몸의 호흡을 다시 맞춰야 하는, 도시의 공간으로 바뀌게 되는 거예요. 이런 고리를 끊으려면 진짜 정치부터 바꿔야 하거든요. 지역 도의원들은 지역의 표를 받기 위해 도로를 내준다고 늘 공약해왔어요. 우리 동네에 테마파크를 유치할 거고, 마을 기업을 만들겠다는 식으로요.

제2공항
STOP!

그게 사람들의 몸에 익어버린 거예요. 그런 것들이 계속 가속화되고 있죠.

관광객들이 줄어든 이유에 대해 토론하면 뭐합니까. 제주도가 오염되고 있는 게 소문났고, 자연 경관이 없어지고 있기 때문에 오지 않는 것인데. 제주의 비대해진 경제를 운영하기 위해 관광을 쥐어짜는 것에 대해서 우린 이미 실패하고 있음을 인정해야 해요. 많은 사람들이 제주가 발전했다고 이야기하지만 저는 여러 가지 모델 중에 제주가 채택했던, 혹은 제주가 외부의 시선으로 채택당한 발전 방식은 이미 한국에서 망해가고 있는 시스템이라고 봐요. 파국으로 달려가고 있는 제주를 막아내고, 막아낸 걸 기회로 삼아서 제주에 맞는 지속가능한 개발의 발전상을 따로 마련해야 한다고 생각합니다.

KWEN 지속가능한 개발이 가능할까요? 지금의 발전 시스템에 대한 대안이 뭐라고 생각하시나요?

고　　　제주는 아직 남아 있는 것들이 있어요. 우리가 가지고 있는 것들이 무엇인지, 지속가능한 사회로 발전시킬 수 있는 자원들이 뭔지 봐야 한다고 생각해요. 그게 어느 공간에서는 사람일 수 있고, 어느 공간에서는 자연일 수 있고, 다양할 수 있다고 생각합니다. 늘 똑같은 포맷으로 복사하고 붙여넣기하는 것이 아니라 원래 가지고 있는 것에 대한 잠재력을 평가하고 거기에 따른 사회 전환이 필요하다는 생각이에요. 결국엔 위기를 '기회로 삼자'는 이야기를 드리고 싶어요. 제주가 제2공항이라는 전환점을 맞고 있는데 이게 들어오면 파국이 가속화될 거고요, 들어오지 않으면 기회로 삼아서 전환하게 되거든요.

제주의 경우에는 사회적 경제 부문이 대부분 정책 자금 풀기 정도에 머물고 있어요. 이건 정치적인 비전이 없기 때문이거든요. 비현실적인 공약보다, 예를 들면 동네 택시라든지, 동네 어르신들과 함께하는 마을의 상호 부조형 일자리라든지 그런 것들을 계획해서 청년들에게 전폭적으로 지원해준다고 한다면 과연 청년들이 서울로 갈까요? 민생을 중심으로, 사람들 삶을 중심으로, 그 공간이 가진 잠재력으로 풀어나가는 것이 개발과 반대되는 출발점이 아닐까 생각합니다.

제가 요즘 '고치클'이라는 정책 연구소를 6월에 오픈할 준비를 하고 있는데요. 시민들과 함께 고치고, 같이 커나간다는 뜻을 가진 제주 시민 정책 플랫폼이에요. 여기에서 방금 이야기했던 개발의 구체적인 대안들을 만들어나가려고요.

춤추듯이 싸우자, 정치하자

KWEN 정당 활동, 정치 외에 요즘 관심 있는 건 뭔가요? 올해 특별한 계획을 세우신 게 있다면요?

고 스윙댄스를 작년 가을부터 배우고 있어요. 제가 춤추는 것도 되게 좋아하거든요. 생활에 활력을 줄 수 있는 저만의 방법이 필요했는데 스윙댄스가 그 역할을

조상 대대로 제주에 살았다고 하더라도
제주의 자연을 자신의 돈벌이로만 생각하는
사람은 육지것이며,
비록 어제부터 제주에서 살게 되었다고 하더라도
제주의 자연을 그의 생명처럼 아낀다면
그는 제주인이다.
- 제주엇 -

해준 것 같아요. 작년 크리스마스 때 공연도 했어요. 당원들이 와서 막 비웃고. (웃음) 근데 제가 계속 입소문을 내서 한두 명씩 시작하고 있어요.

스윙댄스로 선거운동을 하면 너무 재밌을 것 같다는 생각을 하고 있어요. 그렇게 좀 숨을 돌리려고 하고 있고요. 올해 계획은 아까 말씀드렸던 연구소를 무사히 내는 것과 제2공항 건설을 중단시키고 정부의 사과를 받아내는 것입니다.

KWEN 마지막 질문입니다. 제2공항 문제에 관심 있는 분들이 참여할 수 있는 방법이 뭐가 있을까요?

고　　　제2공항은 제주만의 문제가 아닙니다. 지금 흑산도, 울릉도, 백령도, 새만금도 개발되고 있죠. 공항, 대규모 철도 사업 등의 개발 실패를 절대 인정하지 않는 나라가 대한민국이에요. 저는 제주를 막으면 다른 지역도 막을 수 있다고 생각해요. 혹시 직접적인 도움을 주고 싶으시다면 농성촌에 입금을 해주시는 방법이 있습니다. 그 기금이 제2공항 싸움에 다방면으로 계속 쓰이고 있거든요.

KWEN 오늘 인터뷰 감사합니다.

고   감사합니다. ◉

적, 녹, 보라가
꿈꾸는 세상

나영 문화연대를 거쳐 지구지역행동네트워크 활동가로 일했다.
2016년부터 낙태죄 폐지 운동에 주력하고 있으며 활동가,
연구자들과 함께 낙태죄에 대한 책 『배틀그라운드』를 썼다.
20년에 달하는 활동가 경력에 최근 쉼표를 찍었다.

어떤 문제를 제대로 바라본다는 것은 뭘까? 모 아니면 도, 우리 아니면 적 이렇게 쉽고도 강렬한 이분법의 유혹에서 벗어나서 여러 겹의 문제의식으로 우리 사회의 각종 문제를 대한다면 어떤 변화가 찾아올까? 적녹보라 패러다임은 현대 사회의 기본 골격이라고 할 수 있는 자본주의, 군사주의, 제국주의에 대항하는 대안 사회 운동의 패러다임이다. 적색, 녹색, 보라색은 각각 페미니즘을 바탕으로 노동, 생태, 환경, 성이라는 중첩된 문제의식을 통해 사회를 바라보고 의제를 만들어나간다는 것을 의미한다.

지구지역행동네트워크 활동가 나영이 밀양 할매들의 송전탑 반대 농성장에서부터 100만 촛불이 타올랐던 광화문 페미존, 성소수자들의 마을살이를 꿈꿨던 마레연^{마포레인보우주민연대}, 낙태죄 폐지 시위까지 종횡무진하는 이유가 아마도 이 때문일 것이다. 그리고 그 중심에는 페미니즘이 세상을 바꾸는 기반이 되어야 한다는 믿음이 있다. 누구보다 바쁘지만 동글동글한 안경 너머

적, 녹, 보라가 꿈꾸는 세상 나영

KWEN 안녕하세요, 먼저 자기소개를 부탁드려요.

나영 안녕하세요, 저는 지구지역행동네트워크^{이하 NGA}에서 적녹보라 의제행동센터 활동을 하고 있는 나영입니다. 처음 활동가로 일하게 된 건 2003년 '문화연대'라는 곳에서 시작했고요. 2010년 2월에 활동을 그만두고 잠시 쉬면서 '마포 민중의 집'이라는 곳에서 공부방 자원 활동을 하고 있어요. 근데 그곳 책꽂이에 NGA에서 만든 책자가 있어서 보게 됐는데 내용이 너무 맘에 드는 거예요. 활동가와 연구자가 분리되지 않는 활동을 만들고 싶다는 것과, 적녹보라 지향, 지구지역적인 활동, 감성 경제 섹슈얼리티 등 인상 깊은 내용들이 많았어요. 그 단체에 대해 굉장히 호기심이 생겼고, 때마침 진보넷에 NGA 활동가 채용 공고가 나와서 냉큼 지원했죠. 2010년에 활동을 시작했으니 올해 햇

수로 8년 차가 됐네요.

NGA, 페미니스트들의 지구지역 네트워크

KWEN   단체의 이름만 들어도 굉장히 다양한 일들을 하고 계실 것 같은데요, 단체 소개를 부탁드려요.

나영   한국에서는 운동이 영역별로 어느 정도 한계에 달한 것 같다는 느낌을 한창 받고 있을 때였어요. 노동 운동은 노동만, 여성 운동은 여성만, 환경 운동은 환경만 이야기하는. 제도화될 부분들은 많이 법제화가 됐고 이 상태에서 한계를 어떻게 넘어설 수 있을까 고민이 되었죠. 그래서 고정갑희 선생님의 제안으로 2006년부터 팀을 만들어서 네덜란드, 멕시코, 중국, 남아공, 케냐 등 여러 나라의 활동가들을 찾아가서 만났는데 알고 보니까 다른 나라도 고민이 크게 다르지 않았던 거예요. 그래서 이후에 같이 활동할 수 있을 만한 활동가들을 모아서 2009년 4월에 단체를 만들게 된 거죠.

그동안은 세계화라는 게, 주로 서구에서 운동이 시작되고 진전이 이루어지면 다른 개발 도상국이나 저개발국들이 영향을 받는 것으로 생각했는데 사실은 그런 영향이 일방적인 게 아니거든요. 각 지역의 여러 가지 주제들과 문화적, 사회적 상황들에 따라서 다르게 영향을 받고, 그로 인해 벌어지는 또 다른 운동의 모습들이 다시 서구에 영향을 미치기도 했던 거였죠. 그래서 서구 중심의 운동이 아닌, 지구적인 영향을 고려하면서 각 지역에서 벌어지는 일들이 함께 주목받을 수 있는 운동을 만들자고 해서 글로벌과 로컬을 합쳐 '글로컬'이라는 합성어를 만들었고 우리말로는 '지구지역'이라고 이름 붙였어요. 그러다 보니 북미나 유럽보다는 아시아, 아프리카, 라틴 아메리카 등 남반구라고 부르는 지역의 페미니스트들이 모이는 네트워크를 생각하게 됐는데, 똑같은 여성 운동 의제라고 하더라도 라틴 아메리카와 아시아는 또 다르잖아요. 그 과정에서 한국, 중국, 멕시코, 남아공의 페미니스트들이 모이게 됐죠. 이 나라들은 각 대륙에서 개발 도상국으로서 이중적인 위치에 있거든요. 서구의 영향을 앞장서서 따라가기도 하고, 때로는 착취자의 역할을 하기도 하고. 한편으로는 대륙의 다른 나라들에 영향을 미치기도 하는 국가들이어서 중요하다고 생각했어요.

첫 번째 지향은 지구적인 운동, 두 번째는 '적녹보라 패러다임'인데, 굳이 저희가 적녹보라 패러다임이라고 얘기하는 이유는 각 영역의 운동들이 만나서 서로 연대하는 방식이 아니라 문제의식 자체를 다르게 갖자는 거거든요. 예를 들면 노동 운동, 계급 운동에서는 모든 문제를 계급 문제 중심으로 보고 다른 문제들이 계급 문제를 통해 해결되도록 하고, 여성 운동에서는 주로 여성에 초점을 두고 성과 관련된 문제들을 중심에 두고, 생태에서는 종적인 위계와 같은 문제 중심으로 얘기를 해왔잖아요. 근데 애초에 이것들이 서로 떨어진 문제가 아니에요. 이미 지금의 시스템 자체가 종적 차별과 위계를 인간 사회에서의 여러 가지 차별과 위계에 똑같이 적용해서 그들의 생산이나 활동을 비가치화, 비가시화하고 이용 착취하면서 살고 있죠. 계급이라는 것도 노동자, 자본가 사이에만 있는 것이 아니라 이미 우리 사회에서 이뤄지고 있는 생산·재생산 운동, 그걸 통해 만들어지는 이윤들이 여성과 자연과 다른 대상들을 위계화하고 차별함으로써 유지되고 있는 세계이고요. 그래서 적^{노동}녹^{생태}보라^{여성}가 서로 떨어진 게 아니라 연결된 패러다임이라는 문제의식을 가지고 운동해보자는 지향을 가지고 있어요.

적+녹+보라의 렌즈로 들여다본다는 것

KWEN 어떻게 적녹보라를 연결시키시는지 궁금했었거든요. 정체성을 이루어가기가 힘들겠다는 생각이 들었어요.

나영 굉장히 힘들었던 것 같아요. 이 단체가 이제 10년이 되어가는데, 단체에서 같이 활동했던 사람들이나 심지어 설립했던 사람들도 이론적으로는 내용이 있지

적녹보라 패러다임이라고
얘기하는 이유는 각 영역의
운동들이 만나서 서로 연대하는
방식이 아니라 문제의식 자체를
다르게 갖자는 거거든요.

만 이걸 운동에서 어떻게 실현할 건지 서로 의견이 달라서 부딪히고 토론하며 활동을 하고 있거든요. 그래도 저희가 지금까지 오면서 정리한 것은 어떤 한 가지 의제를 얘기한다고 하더라도 이 안에서 그 패러다임에 대한 문제의식을 어떻게 드러낼 것인가가 중요한 문제라는 거예요. 예를 들면 생리대 문제 같은 경우도 생리대 유해물질과 더불어 여성의 월경을 사회적으로 어떻게 다룰 것인지 얘기할 수도 있지만 한편으로는 생리대를 만드는 과정의 생태 환경에 대한 문제들, 만드는 노동자들의 환경, 사용하는 이들의 노동 조건 등 다양한 문제에 대해 얘기할 수도 있거든요. 하나의 문제를 다루더라도 사회적 이슈가 될 때 어떤 문제들까지 같이 얘기할 수 있는지를 다루고 그걸 통해서 사회적 인식을 바꾸는 게 중요해지는 것 같아요. 그러다 보니 같이 연대를 하면서도 그런 방식으로 이슈와 의제를 만들어가는 일을 하게 되고, 낙태죄 폐지 운동에서도 그런 방향들을 계속 제안해왔고요. 노동 운동에서 직장 내 성희

적, 녹, 보라가 꿈꾸는 세상 나영

롱을 다룰 때도 노동 운동 환경 안에서 여성 노동자들에게 특화된 폭력이라는 것뿐만 아니라 실제 전체 노동 구조 관리 체계 안에서 여성을 통제하는 방법으로 이 성희롱이라는 폭력이 어떻게 이뤄지는지 같이 보자는 제안들을 하는 거죠. 그런 방향으로 접근하고 있어요.

KWEN 사실 어떤 하나의 의제에 대해 활동하면서 이루어내야 사람들이 주목하잖아요. 그런 부분에서의 어려움도 있으실 것 같아요.

나영 저희들도 그게 어려워요. 그러다 보니 잠깐의 이슈 대응보다 길게 두고 의제를 얘기할 수 있는 데에 역량을 투자하게 되는데 그 자체가 저희 단체의 역할이기도 한 것 같아요. 낙태죄 폐지 운동의 경우도 처음에는 한국 사회에서 낙태죄 폐지에 대해 사회적으로 맥락 자체가 없었기 때문에 여성의 결정권에 초점을 맞췄었어요. 그런데 계속 공부를 하고 여러 가지 문제의식들을 연결시키다 보니 낙태죄는 단순히 여성의 몸에 대한 결정권이나 그걸 처벌하는 문제뿐만 아니라 사실상 이 사회가 생명을 통제하는 방식에 대한 이야기였던 거죠. 섹슈얼리티를 통제하는 방식으로 낙태죄를 이용해왔다는 이야기를 하게 되고, 그러면서 폭이 넓어지게 된 것 같아요. 그래서 지금은 또 다른 얘기를 할 수 있는 거죠. 막상 이슈가 터졌을 때는 즉각적으로 다가올 수 있는 것에 사람들이 관심을 보이고 이슈화가 되지만 사실 더 중요한 건 그 이후에 이슈를 어떻게 의제화하고 이끌어나가고 어떤 의미를 남길 건지가 중요하다고 생각하거든요. 그 문제의식을 가지고 구체적인 과정을 만들어야 하는 거고, 그 과정에서 사회적으로 좀 더 다른 이야기들을 꾸준히 할 수 있는 방향을 만드는 게 중요하단 생각을 하게 됐죠. 그래서 저는 재밌기도 한 게, 2015년부터 페미니즘이 리부트됐잖아요. 처음에는 미러링이나 즉각적 대응 중심으로 얘기가 됐었는데 사람들이 다같이 달려들어서 얘기하다 보니까 젠더 구조로만 얘기했을 때 한계를 느낀 사람들

   적, 녹, 보라가 꿈꾸는 세상 나영

도 있고, 교차성을 얘기하는 사람들도 있고, 그러다 보
니 적녹보라 패러다임을 얘기하는 사람들도 나오더라
고요. 오히려 예전보다 지금이 적녹보라 얘기하기가
수월해요. 사람들이 그간의 논쟁 과정에서 깨달은 게
있어서 그런지 적녹보라에 대해 얘기하면 이전보다 더
쉽게 이해하는 거죠.

미스 박 논쟁, 여성 혐오를 넘어서

KWEN 나영 님이 페미존에서 발언하신 걸 많이 봤는데
요, 어떤 이야기가 많이 나왔나요?

나영 초반에는 주로 혐오 발언에 대한 이야기가 많
이 나왔어요. 저는 그걸 넘어서야 한다고 생각했어요.
혐오라는 말에 과도하게 많은 말들이 뭉뚱그려 있어
서 어떤 발언, 어떤 정치가 나와도 혐오라고만 이야기
가 된다면 우리가 전달하고자 하는 문제의식을 어렵게
만든다는 생각이 들었거든요. DJ DOC 노래 가사에

서 미스 박이 여성 혐오냐 아니냐 하는 논쟁만 나왔잖
아요. 근데 그 가사 자체가 담고 있는 인식이 문제였거
든요. 여성이 남성의 보호를 받는 존재이거나 남성으
로부터 혼나는 존재, 남성이 주체로 등장을 하고 그게
박근혜에게도 적용이 되어서 여성을 못된 존재로 그리
는 인식이 문제였어요. 새로운 정치 주체로 등장하는
것도 남성이고, 그 정치를 이끌어가는 사람들도 남자
가 되고. 탄핵 집회를 계기로 이런 구도에 대한 인식을
바꾸는 게 필요하다고 생각했어요. 정치 영역뿐만 아
니라 가부장적 방식으로 돈을 벌어오는 사람들이 다른
사람들을 지배, 보호한다는 생각과 그들이 다른 존재
들을 위계화하고 그 위계화를 통해 이 사회를 유지시
키고 있다는 것에 문제를 제기하는 것이 페미니스트의
역할이라는 선언을 했었고요.

밀양에서 생각한 땅과 사람의 관계

KWEN 그렇군요. 그 외 여러 운동들을 함께하시면서 느낀 것, 생각들이 궁금합니다.

나영　밀양의 경우는 송전탑 반대로 시작했지만 그것보다도 저에겐 이치우 어르신의 분신 사망이 먼저 다가온 것 같아요. 대학 다닐 때 대학생들이 농활만 한 게 아니고 여러 현장 활동을 했는데 그중에 환경 현장 활동이라는 것도 있었어요. 그래서 강원도 어느 지역에 간 적이 있는데 그 지역에서 송전탑 반대 운동을 하고 있었거든요. 탑 위에 현수막을 걸고 그런 행동을 같이 했었는데 사실 그때까지도 잘 몰랐다가 이치우 선생님 때문에 밀양 사건에 관심을 가지게 됐어요.

저는 상징적으로 느꼈던 게, 할머님들이 송전탑 건설을 막기 위해서 매일 산에 힘들게 올라가셨어요. 몸도 다 편찮으신데. 그렇게 올라가서, 한 번 집행이 있었던 날인데, 옷을 다 벗고 투쟁하신 적이 있었잖아요. 그

분들이 땅에서 구르는 장면을 봤을 때 저는 이 '땅'이라는 게 이분들에게 어떤 의미일까 생각하게 됐어요. 외부에서 볼 때 그 땅을 지킨다는 건 자기 재산권 지키는 것 정도로 생각되겠지만 할머님들 얘기를 들어보면 땅이 너무 본인과 연결되어 있는 존재인 거죠. 여기서 농사를 지어서 수확물을 얻은 것뿐만 아니라 본인의 생애 경험이 다 녹아들어 있고, 땅을 통해서 자기와 자기 가족들이 다 살아왔으니까 돈으로 환산할 수 있는 가치가 아닌 거예요. 그 땅이 그 자체로 자기 자신이기도 한 거죠. 그래서 땅을 지킨다는 의미에 대해서 다르게 생각이 됐어요.

그러다 보니 내가 살고 있는 공간에 대해 생각을 해보게 됐는데, 저는 도시에 살고 있고 정주할 수 없는 삶이죠. 지역 사회에서도 반상회 하나 나가려면 가족 단위에서 가능한데, 저는 성소수자다 보니까 그런 식의 관계가 힘들어요. 지역 주민이라는 정체성이 없죠. 집이나 동네는 내가 필요할 때 머물다 가는 곳이지 지역 사람

　　　　　　　　　　　적, 녹, 보라가 꿈꾸는 세상 나영

들과 솔직하게 지역 주민으로서 만나서 이야기를 할 수 있는 관계가 아닌 거예요. 그러다 보니 우리가 살고 있는 공간, 그곳에서 사람들과 맺는 관계, 도시에서의 삶을 생태적인 관점에서 볼 수 있지 않을까 싶었어요. 밀양에서 그분들이 땅과 맺는 관계는 화폐가치로 환산할 수 없어요. 그건 그 땅과 사람들의 관계가 생긴 거고 그 자체가 생태적인 관계라고 볼 수 있죠. 도시에서도 그런 시도들을 해보면 좋겠다는 생각이 들었고, 그렇게 하려면 이 공간에 살고 있는 사람들이 배제되지 않는 환경을 만드는 게 중요하다는 생각이 들었어요.

KWEN 좋은 이야기네요. 나영 님은 혹시 활동가로서의 롤 모델이 있으신가요?

나영 주변 활동가들이 롤 모델이에요. 너무 좋은 활동가들이 많거든요. 현장에 가서 직접 살고 부딪치면서 활동하는 사람들. 그런 활동가들이 생태, 빈민 운동 등 여러 현장들에 많이 있어요. 마이너한 의제들을 꾸

적, 녹, 보라가 꿈꾸는 세상 나영

준히 만들어내는 사람들, 사람들이 관심 갖지 않았던 걸 의제로 만들어내는 사람들. 그들은 완전히 자기 삶을 걸고 운동을 하는 사람들이고 저에겐 굉장히 존경스러운 분들이죠.

녹색이 만들어내는 패러다임의 전환

KWEN 마지막 질문이 될 것 같네요. 올해 활동 전망이 어떠신가요?

나영 　계획을 세우고 있는 것 중에 하나가 적녹보라 네트워크를 만드는 거예요. 운동의 의제나 방향을 다르게 제안해볼 수 있는 네트워크를 꾸리려고 하고 있고, 이와 관련해서 지금은 생산, 재생산과 성-노동 문제를 집중해보고 있는데요. 현재의 노동과 성에 대한 문제의식이 협소하다고 생각했어요. 노동은 임금 노동, 생산 노동에 의제가 맞춰져 있고, 노동에서의 성과 관련된 인식은 주로 섹스·젠더에 대한 이분법적 인식에 맞춰져 있고요. 그래서 노동 현장 안에서의 성과 관련된 문제라든지, 임금 노동 안에서의 성차별 문제를 다시 보려고 하는데요, 성차별 문제도 지금까지는 주로 이성애자로서 제도적으로 인정된 결혼을 통해 가족을 이룬 시스젠더 임금 노동자 여성에 한정되어 있는 것 같아서 성과 노동에 대한 논의의 영역을 확장해보려 합니다. 그동안 가시화되지 않았던 섹스-젠더-섹슈얼리티와 임금/비임금 노동, 임신/출산/가사/섹스 노동이 맞물리는 문제들을 좀 더 다른 각도에서 다루고 관련된 사람들을 만나는 작업들을 해보고 있고요.

그리고 NGA에서 제일 잘 안 풀리는 부분이 녹색과 관련된 부분이거든요. 저희가 2015년부터 노동 생산·재생산의 전환을 위한 연속 간담회라는 걸 했어요. 애기를 하다 보니 적, 보라와 녹은 차원이 다르다고 느꼈어요. 적과 보라 운동은 인간 세계를 중심으로 누가 주체로 인정이 되는지에 관한 운동이었다면 녹은 완전 패러다임 자체가 다른 거예요. 어떻게 보면 녹의 문제의식이 결합되는 순간 지금까지의 노동·여성 운동의 전제를 다 뒤바꿔야 할지도 모르는 거죠. 왜냐면 자연을 어떤 대상으로 바라봐왔는지 이야기를 시작하면 철저히 가려져 있는 자연의 위치, 자연의 생산과 재생산에 대한 얘기가 계속 빠져 있었던 게 드러나잖아요.

사실 에코페미니즘에서도 자연과 여성의 친화성에 대해서 얘기를 해오기는 했지만 그 차원에서 끝날 것이 아니라, 자연을 이야기하는 방식 자체가 달라져야 패러다임 자체가 바뀌겠다는 생각이 들어요. 자연과 인간이 나뉜 세계관에서는 인간의 자격을 얻을 수 있는 특정한 사람들이 있고, 언제든지 착취하고 대상화할 수 있는 대상으로서의 자연과 대상으로서의 인간을 나누고 있거든요. 그런 것들을 같이 연결시켜보면 운동의 틀 자체가 바뀔 수밖에 없겠다는 생각을 했어요.

한편으로는 가치화와 가치 체계에 대한 고민도 있어요. 그동안 비가치화되어 온 노동과 생산의 영역들을 어떻게 사회적으로 의미있게 가치화할까 고민할

때, 자칫 생산으로서의 가치화가 곧 생산성의 문제나
화폐화로 직결되어버릴 수 있기 때문이에요. 오히려
생산에 집중되어 있는 가치 체계를 재생산과 순환에
중심을 둔 가치 체계로 바꿔내고 생산 체계에 매달리
지 않아도 자기 삶을 유지할 수 있게 하는 것이 중요하
지 않나, 이런 것들에 대해 고민하고 있고 논의 중이에
요. 이런 것도 녹의 문제인식이 들어오기 때문에 논쟁
을 할 수 있는 거고요. 생태 문제의식은 이 패러다임을
고민하는 과정에서 매우 중요하다고 느껴요.

KWEN 긴 시간 이야기해주셔서 감사합니다.

나영   감사합니다. ◉

   적, 녹, 보라가 꿈꾸는 세상 나영

할머니의
씨앗이 우리에게
말해주는 것들

김신효정 부산 성매매 여성들을 위해 활동하다가 서울로 이주했다. 대학원에서 여성학을 전공했고 여성 농민의 토종 종자 지키기 운동을 주제로 논문을 썼다. 『씨앗, 할머니의 비밀』을 냈다.

인생의 몇 해를 어설픈 농부로 살아본 경험이 있다. 씨 뿌리고 김매고 추수하는 일을 겪으면서 나는 농사가 엄청나게 노동 집약적이라는 것을 체험했고 한편 사람의 노동만으로는 메울 수 없는 부분들이 점점 커지고 있다는 사실도 알게 되었다. 대표적인 것이 씨앗이었다. 사람들이 맛있다고 즐겨 찾는 단호박의 씨앗 한 개 가격이 500원이었다. 단호박 씨앗을 포트에 하나하나 심으면서 500원짜리 동전을 하나씩 흙에 꽂아 넣는 기분이 들었다. 트랙터 도움 없이 괭이와 삽 한 자루만 있으면 쓱쓱 밭을 만드시는 동네 할머니들도 종자는 읍내 종묘상에서 구입하셨다. 이번엔 돈 주고 샀지만 다음번엔 씨를 받아보겠노라 마음먹지만 그런 일을 막기 위해 종자회사에서 제대로 자라지 않거나 열매를 맺지 않는 종자들을 만든다는 사실도 충격이었다. 놀라워하는 내게 친구는 청양고추도 몬산토에 로열티를 지불하는 종자라는 사실을 알려주었다.

소비자들은 맛있고 보기좋은 상품을 찾고 농부는

시장의 요구에 맞춘 작물을 재배하기 위해 씨앗을 산다. 그 와중에 대를 거듭해 심고 키워왔던 토종 종자들이 사라져간다. 씨앗만 사라지는 게 아니다. 그 씨앗에 맞게 작물을 키우던 농부들의 오래된 지식도 사라진다. 새로운 씨앗은 그에 맞춤한 화학 비료와 제초제를 필요로 하고 농부들은 또 돈을 지불해야 한다. 인도의 에코페미니스트 반다나 시바는 씨앗 같은 생물학적 자산을 초국적 종자 회사들이 가져가는 것은 절도이자 약탈이라고 성토했다. 천문학적인 금액의 소송, 빚더미에 오른 농부들의 잇따른 자살 등 몬산토와 같은 종자 회사들과 저개발 국가 농민들 간에 씨앗을 두고 벌어지고 있는 일들은 약탈을 넘어 가히 전쟁이다.

그럼에도 우리에게 바짝 다가온 이 무서운 미래를 경고하고 우리의 책임을 이야기하는 사람은 참 드물다. 강원도 횡성에서 할머니들의 밭일을 거들며 토종 종자 운동에 대한 논문을 쓴 김신효정 님의 이야기가 궁금했던 것도 그래서였다.

KWEN 안녕하세요, 자기소개를 부탁드립니다.

효정   저는 현재 여성학을 공부하며 강의도 하고 박사 논문도 쓰고 있는 김신효정입니다. 대문 위에 조그맣게 한 평 정도 텃밭 농사도 짓고 있어요. '마루'라는 강아지와 4년째 살고 있습니다.

밭으로 논으로, 할머니 일손 거들며 써낸 논문

KWEN 효정 님은 여성 농민과 토종 종자를 주제로 논문을 쓰셨죠. 어떻게 여성 농민에 관심을 가지게 되셨나요?

효정   대학에서 총여학생회와 잡지를 만들면서 페미니즘을 알게 되고, 관련 운동을 하면서 졸업 후에 자연스럽게 선배들이 있는 성매매 지원 단체에서 일하게 되었는데 그 당시 '성매매특별법'이 발의가 되어서 워낙 일 자체가 많기도 했고 답답한 마음이 들었죠. 특히 성매매 문제는 너무 어렵더라고요. 당사자들에게는 생계, 생존이 달린 문제인데 단순히 정책적인 접근만으로는 해결할 수 없는 답답함을 풀고 싶었고, 저 자신도 많이 소진되어서 공부하고 싶다는 생각이 들었어요. 그래서 대학원에서 여성학 공부를 시작했어요.

여성학을 공부하는 동안 성매매 관련 공부를 함께 했는데 제 지도 교수님이셨던 장필화 교수님께서 에코페미니즘, 지속 가능한 페미니즘에 대한 영감과 연구를 많이 소개시켜주셨어요. 저는 그 과정에서 대안 경제에 관심을 가지게 됐는데, 결국 성매매 문제도 여성들에게 새로운 대안과 선택지가 있어야 또 다른 길을 갈 수 있다는 것을 이해하게 됐어요. 한국 사회 같은 화폐 중심의 주류 경제에서는 여성이 할 수 있는 일이란 것이 굉장히 제한적이고 선택지가 없는 거죠. 그렇다면 새로운 경제, 새로운 대안을 만들어야 하는데 어떻게 만들 수 있을까 고민했어요. 그것에 대한 상상력을 얻기 위해서 농업 쪽에 관심을 가지게 되었고, 당시에 '토종 씨앗 운동'을 하고 있는 여성농민회 분들의

　　　　할머니의 씨앗이 우리에게 말해주는 것들 김신효정

이야기를 우연히 기사를 통해 알게 되었죠. 마침 그 시기가 광우병 집회 때문에 제가 광화문에서 살다시피 하던 때였거든요. 그 과정에서 먹거리 문제에 처음으로 관심을 가지게 된 거죠. 먹거리, 먹거리를 생산하는 일에 대해 당시 우리 사회의 분위기, 개인적 상황이 맞물려 진지하게 생각해보게 된 거예요.

제가 석사 논문 주제를 '여성 농민의 토종 씨앗 지키기 운동'로 썼는데요 정말 몰라서 뛰어들 수 있었던 것 같아요. (웃음) 저는 한 번도 농촌에서 살아본 적이 없고 일가 친척 누구도 농사를 지으시는 분이 없으셨거든요. 그래서 상식이 부족했죠. 농촌에서 연구를 한다는 게 쉽지는 않았어요. 횡성이 여성 농민의 토종 씨앗 지키기 운동이 처음 시작된 곳이에요. 연구 때문에 횡성을 오가다가 교수님의 권유로 한두 달 동안 살았죠. 다행히 여성농민회 센터에서 숙소를 제공해주셔서 아침에 일어나면 할머니 댁으로 출근하는 거예요. 그 댁에서 자기도 하고요. 여든이 넘으신 할머니가 땡볕에서 농사를 지으시는데 그 일하시는 걸 저는 못 따라가 겠더라고요. 절대 못 따라가요. 저는 야외에서 일해본 적이 없었거든요. 대신 할머니께서 수확하신 것들로 밥을 차려드렸죠. 그때는 힘들었는데 지금 생각해보면 좋은 시간이었어요. 그렇게 할머니를 따라다니면서 밭에서, 논에서 인터뷰를 했었죠.

토종 씨앗, 먹거리를 넘은 농민의 권리

KWEN 할머니들과의 인터뷰를 통해 씨앗에 더 관심을 가지게 되신 건가요?

효정 네, 인터뷰를 해보니까 다양한 씨앗이 텃밭에 많은데, 그 텃밭을 관리해왔던 여성들, 할머니들이 씨앗을 가지고 계셨어요. 그중에서도 가난했기 때문에 큰 농사를 짓지 못하고 옛날부터 하던 대로 계속 농사를 지으셨던 소농 분들이 많이 가지고 계셨죠. 여성농민회가 할머니들께 씨앗을 얻어서 그걸 전국적인 토종

　　　할머니의 씨앗이 우리에게 말해주는 것들 김신효정

끊임없이 분노하고 투쟁하는 것만이
전부가 아니고, 변화를 위한 호흡은
길게 가져가야 하고, 그 가운데서
자기 돌봄 없이는 그 누구도 돌볼 수
없다는 것. 내가 건강해야 타인,
세상도 돌볼 수 있으니까요.

씨앗 지키기, 토종 먹거리 운동으로 확장시키는 과정
에서 '언니네 텃밭' 같은 공동체 지원 농업[CSA]이 시작되
기도 했어요. 그런 내용을 석사 논문에 담기도 했는데,
단순히 연구를 떠나서 씨앗에 담긴 이야기들이 재미있
었죠. 어머니가 딸에게, 시어머니가 며느리에게, 여성
의 손에서 손으로 씨앗이 전해지는 과정에 역사가 담
겨 있더라고요. 얼마 뒤에 그 이야기들이 담긴 책이 나
올 예정이에요.

씨앗에 대한 이야기를 더 하자면, 씨앗만 있으면 안
되고 씨앗이 왜 소중한지 알려주는 교육도 필요해요.
연구자나 관심 있는 분들을 만나면 여러가지 질문을
하시는데 토종이 무엇인지부터 이야기하세요. 과학자
분들이나 농촌진흥청에서 오신, 과학에 기반한 분들은
진짜 토종, 100년 전 씨앗을 말해요. 근데 그건 오리지
널리티에 대한 것이죠. 여성 농민 분들은 진짜 한국 것
인지 아닌지가 중요한 게 아니라 토착화된 씨앗이면
다 토종 씨앗이 될 수 있다고 보시고요. 끊임없이 기후

    할머니의 씨앗이 우리에게 말해주는 것들 김신효정

가 변하고 있는 상황에서 종자에 담긴 의미라는 것은 단순히 더 좋은 먹거리, 진짜 한국의 맛, 신토불이 이런 게 아니라 농민의 권리니까요. 대부분의 종자들은 기업이 소유하고 있어서 로열티를 주고 쓰는데 사실 씨앗은 그 기업들이 지켜온 게 아니거든요. 결국 이건 농민의 소유권, 농민의 주권으로 다시 찾아와야 하는 거예요.

할머니들 인터뷰를 하거나 토종 씨앗에 대한 강의나 인터뷰를 할 때 고민되는 지점은 토종 씨앗으로 도시 사람들을 어떻게 만날 것인지에 대한 거예요. 도시 사람들이 경험해본 적 없는 토종 밥상이라는 것은 사실 농사를 짓지 않으면 먹을 수 없는 것이거든요. 이것이 단순히 토종을 더 먹자는 것만이 아닌, 우리 먹거리를 향한 관심을 이어줄 수 있는 고리라고 생각해요. 먹거리에 관심을 가지게 되면 먹거리 문제가 곧 권리의 문제라는 걸 알게 되고, 개인이 돈을 들여서 유기농을 사 먹으면 되는 문제가 아니라는 인식의 시작이 될 수 있어서 의미 있다고 생각해요.

먹거리 문제는 개인 아닌 공공의 문제

KWEN 그렇지만 보통 사람들이 접할 수 있고 구입할 수 있는 먹거리가 한정적이지 않나요? 가격의 문제도 크고요.

효정 　무엇보다 먹거리 문제는 경제적인 제도가 뒷받침이 되어야 해요. 개인이 선택할 수 있는 문제가 아니에요. 집 문제나 다른 노동의 문제와 같이 공공의, 사회적 문제로 다뤄져야 되는 거죠. 수입 농산물이 싼 이유는 자국의 국내 보조금이 들어가기 때문인데 우리 농산물에도 그렇게 하면 훨씬 저렴하고 건강하게 먹을 수 있겠죠. 국가적·제도적 차원에서 먹거리 문제에 신경을 써야 해요. 특히 먹거리 빈곤층은 가격 때문에 저렴한 편의점 가공 식품을 먹을 수밖에 없는데 이 때문에 건강에 취약해지거든요. 이런 게 좀 더 공공의 문제

　할머니의 씨앗이 우리에게 말해주는 것들 김신효정

로 다뤄졌으면 좋겠어요.

저는 집밥 열풍을 비판하는 글을 쓴 적이 있어요. 집밥이 가능한 사람은 소수의 계층이거든요. 일단 집이 있어야 하고, 그 안에 부엌이 있고, 환기가 되어야 하는 등 갖춰야 될 게 많아요. 또한 냉장고 관리, 음식 관리가 되어야 하는데 그건 굉장히 전문적인 숙련이 필요한 가사 노동이거든요. 그런 것들이 일단 불가능한데 집밥이 어떻게 가능하겠어요. 공동 부엌이라든지 같이 먹을 수 있는 자리가 다양한 상상력으로, 사회적으로 구현되었으면 좋겠어요.

자기 돌봄 없이는 그 누구도 돌볼 수 없다

KWEN 그렇군요. 먹거리와 취약 계층의 건강 문제도 언급하셨지만 효정 님은 아픈 몸에 대해서도 관심이 많으신 것 같아요. 2017년 '2030에코페미니즘' 포럼에서도 아픈 몸을 주제로 발제하신 게 흥미로웠어요. 몸에 관심을 가지게 된 계기가 있으신가요? 아픈 몸과 에코페미니즘이 어떻게 연결되는지도 궁금합니다.

효정　　원체 몸이 약해서 어렸을 적부터 자주 아팠는데 성인이 된 후에도 과로하는 일들이 많았고, 특히 여성 단체 활동가로 일할 때 어려움이 많았어요. 당시 성매매법이 발효가 되고 시범 사업을 했었는데 거의 1년 동안 집에 못 들어갔어요. 제가 일했던 단체가 성매매 집결지 바로 근처에 있었기 때문에 집결지에서 무슨 일이 일어날 지 몰라서 밤새 대기하는 일들도 많았죠. 일하고 아프고, 일하고 아프고, 몸만 아픈 게 아니라 마음도 아프고. 그러다 20대 후반 즈음에 알게 되었어요. '몸은 내가 돌봐야 하는 거구나, 이럴 때는 내가 아플 것 같구나, 이건 내가 힘들 것 같구나' 이런 것들을 알아차리는 훈련을 하게 된 것 같아요. 27살쯤 호되게 아팠던 적이 있었는데 6개월 동안 아무것도 하지 않고 쉬었어요. 그걸 계기로 다른 페미니즘에 대해서 관심을 가지게 되었죠. 끊임없이 분노하고 투쟁하는 것만

　　　　　할머니의 씨앗이 우리에게 말해주는 것들 김신효정

이 전부가 아니고, 변화를 위한 호흡은 길게 가져가야 하고, 그 가운데서 자기 돌봄 없이는 그 누구도 돌볼 수 없다는 것. 내가 건강해야 타인, 세상도 돌볼 수 있으니까요. 그런 것들을 깨닫는 계기가 되면서 그 과정 속에서 에코페미니즘에도 더 관심을 가지게 된 것 같아요.

저는 다양한 페미니즘이 필요하다고 생각하고 그 안에서 가장 시급한 문제는 여성 폭력 문제라고 생각해요. 여성 폭력은 여성의 전 생애에 거쳐 일어나고 있고 그 자체가 생존의 문제이니까요. 그런데 그 이후의 이야기를 하기 위해서는 나의 일상과 삶에 연결되는 부분에 있어서 에코페미니즘이 의미 있다고 생각해요. 전 사실 에코페미니즘이 굉장히 급진적이라고 생각해요. 에코페미니즘은 화폐 경제, 성장 중심의 경제 자체를 문제시하거든요. 이 판을 바꿔서 더 많은 여성들이 더 많은 선택권을 가질 수 있도록 하기 때문에 엄청난 의미가 있는데 현실적으로 에코페미니즘을 다룬 책이나 담론이 너무 부족해요. 더 많은 목소리가 나와야 사람들의 인식도 더 넓어질 수 있을 것 같아요.

KWEN 자기 돌봄 없이는 그 누구도 돌볼 수 없다는 말이 인상적이네요. 효정 님이 생각하고 계신 자기 돌봄에 대해 좀 더 이야기해주실 수 있을까요?

효정   최근에는 한 평 텃밭 농사나, 꽃이나 식물을 돌보는 것도 좋더라고요. 야생화도 키워보고 있어요. (웃음) 무언가를 돌봄으로써 결국 저를 돌보는 방법이죠. 맛있는 거 해먹고 친구들과 수다 떨고 강아지 마루와 시간을 보내는 소소한 것들도 저에겐 돌봄의 시간인 것 같아요. 음식을 만들어서 누군가와 나눠 먹는 걸 좋아해요. 저는 5년째 언니네 텃밭 꾸러미를 받고 있는데요, 꾸러미로 온 다양한 토종 먹거리들로 한국식뿐만 아니라 다른 식으로 응용한 요리를 만들어 먹는 것도 좋아해요.

                    할머니의 씨앗이 우리에게 말해주는 것들 김신효정

성장과 발전 대신 지속가능성을 고민하자

KWEN 책 준비하시느라 얼마 전까지 많이 바쁘셨죠. 최근에 관심가는 다른 일이 있다면요?

효정 평창 올림픽을 보면서 많은 생각을 했어요. 저는 올림픽에 대해서 반대하는 입장이라 비판적인데, 그럼에도 이런 행사를 해야 한다면 지속가능성 있게 할 수 있지 않을까? 그런 부분에 고민이 들더라고요. 사실 저도 평창 올림픽 때 컬링 경기를 재미있게 봤어요. 올림픽이라는 게 공정한 규칙 안에서 최선을 다하고 전 세계 사람들이 함께 지구적인 축제를 갖는 것인만큼 의미 있다는 생각도 들거든요. 그래서 이번에 평창을 가봤어요. 그런데 지역에서 작은 가게를 하시는 주민 분들을 만났는데 정말 죽겠다고 하시더라고요. 올림픽이 하나도 도움이 되지 않는다고. 왜 그럴까 봤더니 올림픽 관람객들을 태운 순환버스들은 올림픽 경기장만 돌아요. 올림픽을 보러 온 사람들은 그 파크 안에서 모든 걸 소비하는 거죠. 그 소비가 이뤄지는 가게들은 대기업이 운영하는 음식점들이고요. 올림픽 후원사만 판매를 할 수 있고, 무조건 비자카드로 결제해야 하고…. 결국 거대 자본을 위한 행사 아닌가, 올림픽은 누굴 위한 걸까, 강원도에는 무엇이 남는 걸까, 안타까움이 들더라고요. 왜 이런 것들은 지역과 함께 가지 못할까? 안 하는 게 가장 좋지만, 한다면 1%라도 변화할 수 없을까? 가지고 있는 자원을 어떻게 운영하는가에 있어서 변화가 필요한 것 같아요.

또 하나는 박사 논문으로 인도네시아 농촌 개발을 위한 공적개발원조ODA에 관한 연구를 하고 있거든요. 한국이 기금과 인력을 투여해서 인도네시아를 비롯한 아시아 지역의 성평등 발전에 기여하겠다는 건데, 오히려 이걸 어렵게 만드는 상황들이 벌어지고 있어요. 국가와 국가가 연대를 통해서 만들어나가야 하는 시대이니까 일방적인 원조가 아닌 파트너십이나 협업 전략에 대해서 고민이 많아요. 한국 사회가 지금 많은 부분

 할머니의 씨앗이 우리에게 말해주는 것들 김신효정

에서 구조적, 사회적 과도기라고 생각이 드는데, 우리
가 지금까지 성장하고 발전한 방법에 대한 성찰과 반
성이 필요하다고 생각해요. 그런 점에서 저는 에코페
미니즘이 중요한 시각과 관점을 줄 수 있다고 생각합
니다. 더 많은 목소리가 같이 나왔으면 좋겠어요.

KWEN 아쉽지만 인터뷰 마무리 할 시간이네요. 앞으로
어떤 일들을 하고 싶으신지 궁금합니다.

효정   지금 제가 연구하는 공적개발원조와 관련해서
아시아 지역에서 지속가능한 농촌 개발에 기여하고 싶
어요. 아직까지 아시아 많은 국가들에게는 농업이 중
요한 사업이고 인구적으로도 많은 농민들이 관여하고
있거든요. 그중 절반 이상이 여성들이고, 농업 노동에
많이 투입되고 있어요. 한국은 사실 농촌 개발에 대해
젠더 관점도 없고 농촌 발전에 기여하지도 못했는데,
여성 농민의 지식이나, 현지의 지역적 문화를 살릴 수
있는 방식으로 여성 농민이 주체적으로 농촌 발전의

          할머니의 씨앗이 우리에게 말해주는 것들 김신효정

주요한 역할을 맡을 수 있도록 돕고 싶습니다. 여성 농민 운동이 같이 연대할 수 있는 연결 고리들도 찾아가고 싶고요.

그리고 에코페미니즘에 관한 목소리를 좀 더 낼 수 있는 방법으로 번역, 글을 쓰는 것들을 고민하고 있어요. 담론 확산이 필요한 것 같아요. 앞으로도 여성환경연대와 함께하고 싶습니다. ◉

이상하고
위대한
이야기를 읽다

요조 제주도에서 책방 무사를 운영하고 있다. '요조'라는 이름은 다자이 오사무의 『인간 실격』 주인공 이름에서 따온 것. 본업은 뮤지션이지만 영화, 팟캐스트까지 활동 영역을 넓혀가고 있다. 그간의 책 읽기를 기록한 서평집 『오늘도, 무사』를 냈다.

기어이, 뭔가를 하는 사람들이 있다.

생산적이지도, 효율적이지도 않은 일들. 쉽게 말해 돈 안 되는 일들. 이를테면 동네 책방 같은.

남들도 다 이러지 않나? 별일 아닌 것처럼 쓱 저질러버리는 사람들이 있다. 이 매끄러운 세상을 흠집 내버리는 귀여운 복수 같은 일들. 이를테면 손으로 연필 깎기 같은.

요조는 말하자면 그런 사람이다. 제주도 동쪽, 작은 책방 무사에 꽂혀 있을 책들이 궁금하다. 어떤 책들이 뜨겁고도 서늘한 속을 감추고 무사태평한 얼굴로 놓여 있을까. 요조라는 이야기부터 시작해보자.

KWEN 자기소개 부탁드립니다.

요조   안녕하세요. 저는 뮤지션이자, 제주도에서 책방을 하고 있는 요조입니다. 그 외에 글도 쓰고, 도서 팟캐스트도 진행하고, 『한겨레』에서 오은 시인과 번갈아가면서 인터뷰어도 하고 있습니다.

KWEN 최근 요조 님의 인스타그램을 봤는데 '페미니스트'라고 스스로를 소개하시고 계시던데요. 어떻게 페미니즘에 관심을 가지게 되셨는지 궁금합니다.

요조 페미니즘에 본격적으로 관심을 가지게 된 건 책방을 하게 된 이후인 것 같아요. 그전에도 관심이 없었던 것은 아니지만 그냥 SNS나 뉴스에서 어떤 사건들을 마주쳤을 때 '뭔가 이상한데', '이거 좀 옳지 않은데'라는 생각들을 단편적으로 하고 또 그새 잊어버리고 하는 식이었어요. 책방을 하면서는 좀 더 다양한 이야기들을 접하게 되고, 문제의 심각성에 대해서 공부를 하다 보니 알면 알수록 더 공부해보고 싶어지더라고요. 또 책방이라는 공간 특성상 얼마든지 책을 접할 수 있는 환경에 있었고요. 자연스럽게 페미니스트라는 정체성을 붙잡게 된 것 같아요.

KWEN 책방을 하시면서 영향을 많이 받으셨군요.

요조 결국은 책과 관련된 것들을 통해 영향을 많이

받는 것 같아요. 누구나 살면서 관심사도 바뀌고 그에 따라서 자기 자신도 조금씩 달라지잖아요. 운동은 움직임, 변화한다는 건데 저에게는 그 매개체가 책인 경우가 많아요. 책방을 하니까 자연스럽게 책에 둘러싸여 살게 되고, 그러다 보니 저를 각성시키고 변화시키는 속도가 그전에 비해 많이 빨라진 것 같아요. 책방뿐만 아니라 글도 조금씩 쓰고 도서 팟캐스트도 하니까 더더욱 책 시장에 발을 담그게 되면서 또 속도가 빨라지고요. 책이 저의 앞길을 조금씩 리드해가는 것 같은 기분이 들어요.

여러분, 책방 주인은 절대 한가하지 않습니다

KWEN 어디선가 책방 주인이 어릴 적 꿈이었다는 얘길 본 것 같은데요. 실제로 해보니까 어떠세요?

요조 책방 주인이 꿈이었던 건, 제가 어릴 때 살던 집 앞에 책방이 있었는데 거기 주인 분이 너무 편해 보이고 한가해 보였거든요. 실제로 해보니 제 인생 최대의 오산이었고요. (웃음) 일이 미친 듯이 많아요. 육체적으로 몸을 쓰고 땀을 흘리는 일들은 아니지만, 가만히 컴퓨터 모니터를 노려보면서 재고 정리하고 이메일 답장하고 정산하고, 내적으로 땀을 흘리는 일들이거든요. 컴퓨터 앞에 앉아서 고군분투하고 있는데 손님들이 '한가하시네요' 얘기하면 정말 딱 일주일만 책방을 맡겨보고 싶다는 생각이 들죠.

책방을 하고 싶어 하시는 분들이 워낙 많다 보니 저희 책방에 오셔서 다짜고짜 '한 달 월세가 얼마냐', '얼마 버냐' 이런 식의 무례한 질문을 하시는 분들도 계셨거든요. 근데 그게 모든 책방 주인장들의 일상적인 고충이더라고요. 그래서 제 친구 중에 한 명이 기지를 발휘해서 이 주제로 '마이 리틀 북샵'이라는 워크숍을 만들었어요. 저를 포함한 8개 정도의 책방 주인장들이 일주일에 한 번씩 돌아가면서 책방을 진지하게 꿈꾸고 있는 사람들을 대상으로 책방 운영에 '레알' 필요한 실

   이상하고 위대한 이야기를 읽다 요조

아름상회
3

무를 알려주는 거죠. 한 9개월 정도 하다가 제주도 내려오면서 저는 못하게 됐네요.

KWEN 2017년 에코페미니스트들의 컨퍼런스에서 요조 님으로부터 인상 깊게 들었던 얘기 중 하나가, 사람들이 동네 책방을 데이트 코스에 포함시킬 때 예상 지출은 0원으로 정해둔다는 얘기였거든요. 책은 안 사고 그 분위기만 누리는 거죠. 그럼 책방은 대체 어떻게 유지되는지 의문이 들었는데요, 요즘처럼 동네 책방이 붐이고 독립 서점들이 많아지는 추세라면 좀 달라진 게 있을까요?

요조   달라지지 않았어요. 동네 책방이 붐이라고는 하지만 그 붐이라는 것은 분위기를 소비하는 것의 붐이지 책을 사는 걸로 이어지진 않거든요. 기본적으로 사람들이 책을 잘 사지 않기 때문에 언제나 재정난을 겪을 수밖에 없고요. 그래서 작은 책방 하시는 분들은 생계를 유지하기 위해 다른 대안들을 찾으시죠. 음료나 술

    이상하고 위대한 이야기를 읽다 요조

을 판매하기도 하고, 워크숍도 하고요. 아주 다양해요.

KWE　무사 책방의 경우는 어떤가요?

　저희 책방의 경우는 그래도 조금 알려진 사람이 하는 책방이잖아요. 그러다 보니 저랑 사진을 찍고 본인 SNS에 올리기 위한 목적으로 찾아오시는 분들이 있는데, 그분들을 보면 진짜 그 공간에서 책을 보기 위해 오는 사람들을 방해하는 것 같은 거예요. 저는 그러고 싶지 않았거든요. 책방은 책을 파는 곳이기도 하지만, 누군가에게는 자신의 고민을 대면할 시간을 줄 수 있는 공간이기도 하잖아요. 근데 그것을 위해 오는 사람들을 방해하는 것 같다는 생각이 들고, 그렇게 돈을 버는 것이 큰 의미가 있을까 하는 생각이 들었어요. 돈은 다른 일 열심히 해서 벌 수도 있으니까요.

어떻게 보면 한가한 생각이죠. 진짜 책방밖에 없는 사람들은 손님 한 명이 급하니까 음료를 팔거나 다른 걸 모색할 수밖에 없고요. 저는 그래도 여유가 좀 있으니까 책방 운영하는 것에 대해 한가한 생각을 할 수 있는 것 같기도 해요. 한편으로는 다른 일들 때문에 다양한 걸 적극적으로 시도해볼 만한 상황이 안 되기도 하고요.

작은 책방에는 그 책방만의 위대함이 있다

KWEN 롤 모델로 삼고 싶은 책방, 여기 너무 멋지다 싶은 책방이 있으신가요?

요조 너무 많죠. 제주도 서쪽에 '무명서점'이라는 곳이 있는데, 주인장이 책방에 오는 한 사람, 한 사람을 각별하게 생각하는 게 티가 나요. 그러다 보니 손님들은 그 추억이 소중할 수밖에 없고요. 다양한 모임들, 저자와 함께 하는 북 토크, 창작 워크숍⋯ 오붓하고 질긴 관계들을 끊임없이 만드시더라고요, 아마 서쪽에서는 그 무명서점이 점점 더 소중한 공간이 될 것 같아요. 너무 근사해요.

순천에는 부부가 운영하는 '심다'라는 책방이 있는데, 아무래도 수도권과 지방은 문화에 접근할 수 있는 기회에서 격차가 나잖아요. 그 부분에 착안을 하셔서 서울에서 매년 하는 '언리미티드에디션' 같은 행사를 마련하셨어요. 저는 거기 가서 공연을 했었는데 너무 멋있더라고요. 또, 속초에는 '동아서점'이 있죠. 대를 이어 내려오는, 범접할 수 없는 간지가 막. (웃음) 공간 자체가 커서 책도 다양하게 잘 큐레이팅하시고요. 어느 책방을 가도 그 책방만의 위대함이 꼭 있어요. 하나하나가 다 근사하고 본받고 싶죠. 안 그래도 지금 제가 하는 도서 팟캐스트가 개편을 하면 영상 콘텐츠도 투입될 것 같거든요. 작은 책방들을 탐방하는 콘텐츠를 만들면 어떨까 해요. 책방을 소개하고 장점을 어필하고, 제가 또 동종 업계이니까 잘 볼 수 있지 않겠습니까. (웃음)

책방 인근의 명소나 음식점, 이런 것도 있을 거 아니에요. 저는 실제로 책방을 가면 그 주인장한테 꼭 물어

보거든요. 인근에 어디 갈만한 데 없나 여쭤봐서 가면 좋아요, 항상. 이런 것들을 엮어서 영상 콘텐츠로 보여주면 좋지 않을까 생각하고 있어요. 제가 작은 책방에 가면 그런 호사들을 항상 누렸는데 그걸 콘텐츠로 만들거나 하지 못해서 늘 아쉬웠거든요. 잘 만들 수 있을진 모르겠지만 해보고 싶어요.

왜 하냐고요? 하면 왜 안 돼요?

KWEN 멋진 계획이네요. 응원할게요! 많이 들으셨을 질문일 것 같긴 한데, 요조 님은 왜 제주도에 가서 책방을 하시게 됐나요?

요조 현실적으로 자기한테 유리하지 않은데 꾸역꾸역 붙잡고 있고 싶은, 그런 것이 누구에게나 있을 거라고 생각해요. 제 주변에도 돈도 없고 자기 생계부터 고민해야 되는데도 기어이 본인이 하고 싶은 것을 하겠다는 사람들이 있어요. '기어이'라는 표현이 정말 들어

   이상하고 위대한 이야기를 읽다 요조

자본주의적인 태도로 보면
그걸 왜 하고 있냐 물을 수 있을 거예요.
훨씬 더 생산적인 운동을 할 수 있잖아요?
근데 그냥 거기서 지키고 있는 거예요.
그러면서 제주 제2공항이나 다른 연대의
자리에 꼬박꼬박 가서 같이 싸우고.
그런 거 보면 정말 이상하고 위대하죠.

맞는 사람들이죠. 책방이 저한테는 그런 거예요. '굳이 왜 해요?'라고 물으실 수도 있지만 '하면 왜 안돼요?'라고 반문할 수 있을 것 같기도 하고요. 사실 그 '기어이'의 느낌으로 고집부리고 있는 상황이라 오래하지는 못할 거라고 생각하고 있는데, 붙잡을 수 있을 때까지는 하려고요. 근데 그게 언제가 될지는 모르겠어요.

KWEN 아까 2017년 컨퍼런스 얘기를 했었는데요. 한 가지 더 인상 깊었던 게, 요조 님이 '원더우먼 페스티벌'에서 책을 판매할 때 돈을 받는 것이 아니라 핸드크림이나 면생리대 등 사람들이 가지고 있던 물건으로 물물 교환을 했다는 게 기억에 남았거든요. 어떻게 그런 생각을 하게 되셨나요? 이 자본주의 사회에서 굉장히 신기한 일이잖아요.

요조 제 스스로 자본주의적인 시각과 태도로 바라보는 것에 약간 반감이 있는 것 같은데, 그 반감을 아주 소소하게 풀어가는 것 같아요. 물론 어느 순간에는 굉장히 악착같이 돈을 생각할 때가 있죠. 하지만 그렇지 않은 감각을 계속 갖고 싶으니까 소소하게 장난처럼 하는 거예요. 원더우먼 페스티벌 때도 그랬고요. 대단한 건 아니에요. 다들 은근히 많이 하시지 않나요?

KWEN 사회적으로도 좋은 일들을 많이 하시는 것 같아요. 2013년에 강정평화도서관 건립 기금 마련 음악회에 참여하신 걸로 알고 있는데, 어떤 마음으로 참여하게 되셨나요?

요조 강정의 경우는 제주에 살기 전부터 관심이 좀 많았어요. 어떻게 보면 강정이 저에게 정치가 무엇인지를 알려준 것 같아요. 처음에는 단순히 제가 좋아하고 아끼는 제주도라는 섬에 해군 기지가 들어서면서 생태계부터 지역 사회까지 모든 것을 파괴하는 게 싫어서 반대를 했었거든요. 그래서 강정 내려가서 미사도 같이 드리고 집회도 참여했었죠. 근데 그게 굉장히 정치적인 행동이 되더라고요. 주변에서 '너 빨갱이야?'

라고 물어보기도 하고요. (웃음) 그때 많이 배웠어요. 그전에는 정치에 별 관심이 없었거든요. 나는 단순히 환경이 파괴되는 게 싫어서 한 행동들이었는데 이게 어떻게 반정부적인 활동이 되는 건지 궁금하기도 했어요. 그 이후에 공부를 하고 여기저기 물어보면서 점점 정치라는 게 어떤 건지 알게 되면서 좀 조심스러워지는 부분들도 있더라고요. 그래서 더 조용히 하고 싶었어요. 내가 엄청 정치적인 사람도 아닌데 내 가치관에 따라 하는 일들이 다 정치적인 프레임에서 해석되는 일들은 원하지 않았거든요.

한편으로는 이런 것들이 저를 '개념 있는 연예인'으로 비춰지게 할까 봐 스스로를 제한하게 되는 부분도 있었고요. 뭔가를 하고 싶은데 그게 어떻게 또 나를 정체화할지 모르겠고. 그래서 몰래몰래 하게 되는 것 같아요. 거창한 건 또 하고 싶지 않고.

강정에서 알게 된 친구 중에 지금도 친하게 지내는 최혜영이라는 친구가 있어요. 지금은 제가 제주에 사

 이상하고 위대한 이야기를 읽다 요조

니까 제가 스케줄 있으면 책방도 봐주고 그래요. 어떻게 보면 강정은 이제 끝난 싸움인데, 그 친구는 지금도 계속 미사 드리고 화요일마다 시청 앞에 나와서 거리 홍보도 하고, 끊임없이 강정에 대해 이야기해요. 완전히 가망 없는 일에 매달리는 그런 사람들, 자본주의적인 태도로 보면 그걸 왜 하고 있냐 물을 수 있을 거예요. 훨씬 더 생산적인 운동을 할 수 있잖아요? 근데 그냥 거기서 지키고 있는 거예요. 그러면서 제주 제2공항이나 다른 연대의 자리에 꼬박꼬박 가서 같이 싸우고. 그런 거 보면 정말 이상하고 위대하죠.

KWEN 이상하고 위대하다는 말이 마음에 남네요. 요조님 음악 얘기도 빠질 수 없을 것 같은데요. 음악 작업도 계속 하고 계신가요?

요조 악기를 잡고 멜로디나 가사를 구상하는 것도 작업이지만, 그냥 멍 때리면서 다음 앨범을 어떻게 내면 좋을까 이런저런 생각을 하는 것도 작업이라고 친다면 저는 여전히 활발하게 작업을 하고 있습니다. (웃음) 작업해야죠. 음악은 저의 중요한 일부이기도 하니까요.

불만족이 나의 힘

KWEN 음악으로 표현하는 요조와 다른 활동으로 표현하는 요조의 모습은 다른가요?

요조 네, 달라요. 제가 노래를 하는 경우도 있고, 글을 쓰는 경우도 있고, 페스티벌에서 스피치를 할 때도 있는데, 영역마다 결이 좀 다른 것 같아요. 뭐가 낫고 덜한 건 없지만 뭘 해도 100% 채워지지 않는 허기가 조금 있어요. 얼마 전에 간 제주도 제2공항 반대 집회에서도 그랬어요. 참가자 분들이 눈물을 흘리며 뜨겁게 이야기하는데 제가 노래하는 순서가 됐어요. 시간이 모자라니까 사람들 발언을 잘라야 하는데 그때 저는 '저 노래 안 해도 되는데, 우리 더 얘기하면 안돼요?' 이렇게 말하고 싶었어요.

조심스러운 이야기지만, 모든 예술가들이 사회의 슬픔에 대해서 나름의 방식으로 추모하고 기억하잖아요. 저도 그래서 노래를 쓴 적이 있어요. 그런데 그게 약간 자기 위로 같은 느낌이 들 때가 있거든요. 내가 부르는 노래가 우리 사회를 위하는 건가? 그저 내 슬픔 달래려고 만든 건데 이게 사회적인 건가? 그런 자기 검열도 많이 하게 되고요.

'내가 지금 잘하고 있는 것인가'라는 생각, 그런 식의 아쉬움과 반성의 시간을 항상 갖게 되는데 그게 저에게 원동력이 되는 것 같기도 해요. 만족스럽지 않으니까 '다음에는 조금 더 잘해보자'라는 긍정적인 결론으로 나가는 것 같달까요. 그렇지만 어느 경로를 통해서 창작을 하더라도 항상 부족함이 느껴지기는 해요. 현장에서 몸으로 함께 분노해주시는 분들에 비하면 제가 슬픔에 잠겨 노래하는 게 너무 보잘것없게 느껴져요.

KWEN 굉장히 사적인 이야기들이 결국은 보편적으로

닿을 수 있지 않을까 해요. 예술가들의 작업이 그런 게 아닐까요? 요조라는 개인의 이야기, 개인의 감정을 노래하시지만 결국은 그게 다 우리 이야기로 들리지 않을까 싶어요. 요조 님은 굉장히 다재다능한 분이라는 생각이 들어요. 영화도 만드셨고, 가장 최근에는 서평집도 내셨잖아요.

요조 　그 서평집은 '읽어본다' 시리즈 중에 하나인데요, 필진 중에 편집자도 있고, 책방 주인도 있고, 의사도 있는데 책을 매일 만지는 사람들이라는 게 공통적인 특징이에요. 이 사람들이 6개월 동안 매일 책 리뷰를 쓰는 기획이었는데 저도 그중에 한 사람으로 지목이 되어서 6개월 동안 매일같이 리뷰를 썼어요. 사정이 여의치 않을 때는 메모장에라도 썼다가 옮기고. 정말 토하는 심정으로 썼죠.

　책이 나온 지 1년이 넘었는데, 이제 와서 남는 건 책에 대한 느낌보다 습관을 들이는 게 얼마나 힘든지 느꼈던 거예요. 뭔가를 읽고 기록을 한다는 게 좋은 독서

　　　　　　　이상하고 위대한 이야기를 읽다 요조

방법이라고 하지만 쉽지 않잖아요. 좋은 습관이 내 것이 되려면 지옥을 약간 맛보지 않으면 안 된다는 걸 깨달았어요. 6개월 동안의 하드 트레이닝을 견디고 나니 이제는 습관이 되었거든요. 근육이 붙은 거죠. 올해 여러 가지 결심을 세운 게 있는데 이 결심을 지킨다는 게 얼마나 지옥 같은 일인지 경험해봤기 때문에 완벽하지 않아도 된다는 마음으로 여유롭게 하고 있어요. 그게 중요한 것 같아요.

KWEN 전에 요조 님께서 '나는 행복에 헤프다'라는 말씀을 하신 걸로 기억해요. 행복에 대한 요조 님의 생각이 궁금합니다.

요조   팟캐스트 하면서 운이 좋게도 행복을 논하는 여러 관점의 책들을 다루게 됐어요. 우리는 보통 행복하기 위해서 사는 거라 생각하잖아요. 그런데 행복은 인간이 생존하기 위해서 발명해낸 개념이라는 의견을 보여주는 책도 있었고, 그와는 반대되는 입장을 가진 책도 있었어요. 행복에 대한 다양한 태도를 가지고 있는 책들을 다루면서 저도 행복이 무엇인지 생각하게 됐고 나름의 지론도 갖게 되었죠. 그런데 저는 행복에 대해 생각을 안 할수록 좋은 것 같아요. 의식을 하면 할수록 불행이라는 개념에도 굉장히 집착하게 되잖아요. 행복이라는 개념에서 자유로워질수록 우리가 원하는 행복이라는 것에 더 가깝게 갈 수 있을지도 모르겠다는 생각을 하게 됐어요. 그럼에도 지금처럼 행복을 어떻게 생각하는지 질문을 받으면 그땐 이렇게 얘기하죠. 저는 행복하고, 행복에 헤프다고 생각한다고요. 지금 상태가 좋지 않아도 나는 불행하지 않고 언제나 행복의 영역 안에 있다고요. 평소에 잘 생각하진 않지만. 오늘은 미용실에서 한 머리가 예뻐서 행복하네요. (웃음)

나만의 정답을 찾고 있습니다

KWEN 좋은 얘기들을 듣다 보니 어느덧 인터뷰를 마무

리 할 때가 왔네요. 마지막으로 하고 싶으신 말씀이 있
다면요.

요조   제 얘기를 하다 보니 제가 여러 가지 일들을 하
며 사는 것이 드러날 수밖에 없었는데요. 이 얘기들이
어쩌면 누군가에게는 '저 사람 저렇게 재미있게 사는
데 나는 왜 이러지'라는 생각으로 이어질 수 있을 것
같은데, 그렇지 않다고 말씀드리고 싶어요. 저는 사실
재미없는 사람이에요. 어쩌다 보니 이렇게 된 거죠.

　　다양한 일을 해야 하고 재미있게 살아야 한다는 강
박 대신 '나의 정답은 뭘까'를 찾는 게 필요해요. 어떻
게 살아야 할지, 삶에서 중요한 게 무엇인지, 누구에게
나 중요한 질문이지만 그에 대한 정답은 사실 없다고
할 수도 있고, 반대로 굉장히 많다고 할 수도 있어요.
결국 자기 정답을 찾아가는 거겠죠.

　　저에게는 그게 책이에요. 책을 읽으면서 발견하는
것에 더 관심을 갖게 되고, 그 발견이 동기가 되어 내
인생의 정답이 되지 않을까 하는 생각으로 좇기도 하

　　　　　　　　　　　이상하고 위대한 이야기를 읽다 요조

고요. 저에게는 책인 것이 누군가에게는 영화가 될 수도 있고, 본인이 좋아하는 공부가 될 수도 있고, 넷플릭스나 유튜브가 될 수도 있고요. 정답은 없다고 생각하는 동시에 각자의 정답은 아주 다양하다고 생각합니다. 자기 정답을 찾아야죠. 저도 계속 찾고 있는 중입니다.

KWEN 말씀 감사합니다. 문득 생각났는데, 책방에서 책 담아주실 때 비닐봉지 안 쓰고 종이봉투나 에코백에 담아주시잖아요. 지금도 하고 계신가요?

요조 네, 근데 지금 에코백이 거의 다 떨어져가고 있어요. (웃음)

KWEN 여러분, 책방 무사로 에코백을 보내주세요. (웃음) 오늘 인터뷰 감사합니다.

요조 네, 감사합니다. ◉

삐딱하고 불순한 여자들이 이긴다

이현재 대학에서 철학을 전공하고 독일에 건너가 여성철학을 공부했다. 여성문화이론연구소 연구원, 서울시립대 도시인문학 교수로 재직 중이다. 저서로 『여성혐오, 그 후』, 『악셀 호네트』 등이 있다.

철학자이다. 그리고 페미니스트다. 지난해엔 방송인 경력이 더해졌다. EBS 〈까칠남녀〉에 출연해 패널들 사이에서 시원하면서도 균형잡힌 발언으로 중심을 잡아줬다는 평을 들었다. 서울 시립대에서 학생들을 가르치면서 학교 밖에서도 페미니즘에 대해 가르치느라 눈코 뜰새 없이 바쁜 이현재 교수를 봄꽃 만발한 캠퍼스에서 만났다.

'여혐에 대항하기도 힘든데 페미니스트가 자본주의도 비판해야 하느냐'는 우리의 우문에 이현재 교수는 페미니즘과 자본주의 비판이 어떻게 만날 수 있는지, 남성 중심적인 대문자 자본주의에서 숨막히지 않고 살아가기 위해 수많은 비자본주의적 구멍들을 발견하고 늘려나가야 한다는 것을 차근차근 설명했다^{더 자세한 이야기는 이현재 교수가 쓴 『여성혐오, 그 후』를 참고하자}. 한국 사회에 다양한 페미니즘'들'이 꽃피울 토양을 만들어가고 있는 그녀에게 환한 꽃다발을!

KWEN 안녕하세요, 자기소개 부탁드립니다.

이   철학자 이현재입니다. '여성철학자'라고 하면 좋을 거 같은데, 사람들이 '여배우'라는 말처럼 성차별적인 말로 오해하더라고요. 사실 여성철학은 페미니스트 필로소피Feminist philosophy거든요. 여성주의 철학이 길기 때문에 줄여서 부르다 보니까 여성철학이라고 하게 된 거죠.

여성철학, 변방에서 한국 사회의 뜨거운 감자로

KWEN 학부에서 철학을 전공하셨고 독일에서 박사 학위도 철학으로 받으셨는데, 어떻게 페미니즘에 관심을 가지게 되셨나요?

이   철학에 관심을 가지게 된 것은 대학교 3학년때쯤이었던 것 같아요. 영화 〈1987〉 보면 아시겠지만 대단한 혼란의 시기였어요. 저도 삶에 대한 고민을 처음부터 다시 하게 되었고, 독문과에 다니고 있었지만 이

  삐딱하고 불순한 여자들이 이긴다 이현재

미 철학과 수업을 많이 듣고 있었어요. 철학이 주는 매력이 있거든요. 근본 문제를 다시 생각해볼 수 있게 만들고 그만큼의 자유를 얻을 수가 있죠. 그러다 졸업할 즈음 이상화 선생님이 여성철학에 관심을 가지고 관련 책을 가져오셔서 유학 가기 전 방학 때 세미나를 같이 했어요. 그래서 여성철학에 대해선 알고는 있었지만 독일로 유학 갈 때까지만 해도 여성철학을 할 생각은 없었어요.

독일에서는 악셀 호네트 선생님 밑에서 공부했는데, 선생님이 한 학기 미국을 갔다 오시는 동안에 헤레타 나글 도체칼이라는 오스트리아 철학자가 와서 대신 강연을 한 일이 있었어요. 그분의 여성주의 철학 강연이 굉장히 인상 깊었어요. 새로운 시각을 제공한다는 게 너무 놀라웠고, 비판철학 안에서도 또다른 계열이 있을 수 있겠다는 생각에 고무되었죠. 그래서 페미니즘 관점을 비판철학이랑 연결해서 아이덴티티 개념을 분석하는 논문을 쓰게 됐어요. 논문 제목이 「페미니즘 시각에서 바라본 정체성 개념 분석」이거든요. 타자를 만들어놓고 배제하는 방식으로 주체화된 논리가 어떻게 보면 희생 논리잖아요. 누군가를 타자로 희생시키면서 주체가 되는 방식인데 이 방식에 대한 도전을 페미니즘이 하고 있다는 생각을 했고, 철학 안에서도 내 포지션에서 가장 잘할 수 있는 부분이라고 생각해서 시작했던 것 같아요.

그때까지만 하더라도 여성철학이 이렇게 현대화될 거라곤 생각하지 못했어요. (웃음) 그땐 그걸로 논문을 쓴다는 것 자체가 거의 주류 학계로 들어가는 것을 포기하겠다는 의미와 비슷했거든요. 왜냐면 여성철학이라는 분야가 아직 정당한 학문적인 방법론으로 다 받아들여지지 않고 있거든요. 제가 2006년부터 본격적으로 강의를 했었는데 소수의 학교 외엔 여성철학 관련 수업이 없고, 맨 처음엔 강의도 아예 못 받았어요. 그나마 여성학 수업을 맡았지만 저에겐 좀 애매했죠.

또 당황스러웠던 건 제가 대학에 다녔던 시절에는

    삐딱하고 불순한 여자들이 이긴다 이현재

페미야학

사회 운동들이 굉장히 활발했고, 사람들이 맑스주의나 페미니즘, 사회주의 페미니즘 책들은 기본적으로 읽었거든요. 근데 유학 후에 돌아와서 수업을 했는데 학생들이 리포트를 내거나 시험 문제에 답을 쓸 때 '나는 페미니스트는 아니지만'이란 말을 자꾸 쓰더라고요. 그땐 정말 절망적이었어요. 그러다 2014~2015년부터 분위기가 만들어지면서 여성학계에서 인터넷상에서의 여성 혐오와 그것에 관한 논쟁이 시작되었다는 리포트들이 막 올라오고, 대학원생들의 연구 논문이 발표되고, 2016년도에는 폭발적인 반응이 생겼죠. 너무 놀라워요. 솔직히 저에게는 갑작스런 변화예요.

페미니스트는 자본주의와 친해질 수 없다

KWEN 선생님 철학의 바탕에 자본주의 비판이 있다고 할 수 있을까요? 에코페미니스트들의 컨퍼런스 때도 대문자 자본주의와 가부장제의 유사성을 얘기하시면서 페미니즘과 자본주의 비판이 만날 수 있다는 걸 보여주셨죠.

이　　　제가 처음 접한 페미니즘이 맑스주의 페미니즘과 사회주의 페미니즘이었고, 그땐 의심의 여지가 없었어요. 현대 사회의 양극화 현상은 누구나 느낄 수 있잖아요. 자본을 가진 사람들이 많은 이윤을 취하고, 노동력을 제공하는 사람들은 겨우 재생산을 유지할 수 있는 정도의 임금밖에 못 받죠. 그런 문제들의 심각성은 누구나 인지하고 있을 거예요. 그다음으로는 페미니즘에서 젠더만큼 오래된 문제가 또 없죠. 여성을 지배 대상으로 생각하는 욕망이 그 자본주의의 기제와 관련해서 계속 회전되고 순환되고 있잖아요. 저는 문화와 일상에 자본의 논리가 굉장히 많이 엮여 있는데 그 부분은 왜 같이 고민하지 않는지 이상해요.

로맨스를 예로 들어볼까요? 우리 사회에서 '로맨스'는 예전과 달리 소비자본주의와 맞물려서 이미지를 소비하는 것에 중점이 두어져 있어요. 로맨스라는 게 개인의 자발적인 동의에 의한 것 같지만 실제로 로맨스도 소비하지 않으면 로맨틱하지 않다고 생각하게끔 하거든요. 에바 일루즈도 얘기했지만 로맨스의 상품화, 예를 들어 커피 광고를 하더라도 로맨틱한 장면을 넣어야 잘 팔린다든지, 반대로 상품의 로맨틱화, 어떤 상품에 로맨스를 각인시키는 거죠. 그래서 데이트를 하거나 로맨스를 이야기할 때에 무언가 소비 작업이 일어나지 않으면 로맨틱하지 않다는 생각을 갖게 되는 거예요.

여성도 특정한 이미지를 만들도록 강요받는데, 여성들은 사실 자신의 몸이 그렇게 생기지 않았는데도 어떤 특정한 몸에 맞춰야 된다고 생각해요. 여성 상품화도 마찬가지잖아요. 그런데 어떻게 자본주의를 생각하지 않고 여성 대상화를 얘기할 수 있는지 이해가 안 가요.

노동자를 고용할 때도 이윤의 최대화를 생각할 때 젠더 관계를 빼고 이야기한다고 하지만 결국 자본가들

          삐딱하고 불순한 여자들이 이긴다 이현재

은 남성을 선택하잖아요. 자본이 자신의 최대 이익을 만들려고 하는 논리 자체를 젠더 문제와 연결지어서 생각을 안해볼 수 없거든요. 여성 비정규직, 여성의 취업이 어려운 것에 대해서 '비용이 많이 드니까'라는 이유를 들잖아요. 자본가들이 어떡하면 노동력에서 최대의 이윤을 끌어낼 수 있을까 생각을 하는데 여성의 경우에는 화장을 하고 와야 이윤이 더 생긴다고 여기고. 젠더 불균형이 연결될 수밖에 없는 거죠.

내 일상을 바꾸는 것이 혁명의 시작

KWEN 자본주의/여성 억압 구조를 한번에 바꾸지는 못하더라도 우리가 비자본주의 인간, 이른바 '유령'을 이끌어내야 한다고 하셨죠. 우리가 각자의 자리에서 이끌어낼 수 있는 유령은 어떤 것들이 있을까요?

이 구조에 대항하기가 힘들다고 하죠. 지금 미투도 구조적인 권력 안에서 개인이 저항하기 힘들었기 때문에 오랫동안 폭로를 못했다고 얘기하잖아요. 자본주의 구조, 권력 구조가 매우 단단할 때 그 앞에서 무력감을 느끼게 되는 것을 저도 잘 알거든요. 그렇다고 해서 아무것도 안할 순 없죠. 일상을 조금이라도 바꾸는 게 시작이라고 생각해요.

자본주의적이지 않은 방식으로 삶을 꾸리는 것, 더불어 그 안에서 여성주의적이고 대안적인 삶을 계속 생각해보는게 필요해요.

쉐어하우스를 예로 들어보면 어떨까요? 실제로 많이 안 벌고, 적게 쓰고, 행복하게 산다는 모토를 갖고 모인 쉐어하우스의 멤버들이 있잖아요. 여기에 비자본주의적인 생각이 깔려 있다고 보거든요. 특히 여성, 구체적인 타자에 대해 배려하는 행위라든지, 같이 음식을 해먹는다든지, 여성주의적인 것과 비자본주의적인 것들이 그 공동체 안에서 지배와 억압 구조를 대신해서 작동하고 있어요.

서울시 은평구의 살림의료협동조합은 내 가족들에

저는 혁명이라는 게
일거에 이루어진다고 생각하지 않거든요.
경로 이탈적이고 혼합하고 추가하는 방식들을
끊임없이 쓰다 보면 거기서 질적인
변화들이 오는 순간들이 있다고 생각해요.
혁명적인 생각을 한다기보다는 우리들이
할 수 있는 실천의 방식은 작은 구멍들을 찾아서
뭔가를 변조시키는 작업이지 않을까요?

게만 하던 배려를 여성주의적으로 발전시켜서 지역 공동체, 직업 선상에서 실현한 사례인 거죠. 병원, 의료 서비스도 어떻게 보면 기업의 이윤 추구인데 이 안에서 도덕적인 룰을 적용하는 거잖아요. 이윤을 나누는 방식도 협동조합이라는 방식을 써서 여러 사람들에게 투자를 받고, 남은 이익들을 누구에게 분배할 것인지를 상의해서 나누고. 자본주의에 의한 착취를 최소화하고 그 안에서 젠더 관계에 의한 폭력도 거의 없잖아요. 정말 좋은 사례라는 생각이 들어요.

반자본주의 대신 비자본주의로

KWEN 선생님 강연 중에 인상 깊었던 게 '비체'에 대한 이야기였는데요, 이해하기 좀 어렵지만 매력적인 개념이라고 생각해요. 다시 한 번 설명해주실 수 있을까요?

이 　　저도 참 너무 어려운데요. (웃음) 일단 비체에 앞서 비자본주의와 반자본주의의 구분에 대해 이야기하

　　삐딱하고 불순한 여자들이 이긴다 이현재

고 싶어요. 실제로 어떤 맥락에서는 반자본주의, 즉 자본주의에 대한 전면적인 반대도 필요하죠. 근데 사람들을 설득하지 못하고 있잖아요. 사람들도 그게 가능하지 않다고 생각하고요. 이런 상황에서 저는 반자본주의는 자본주의를 일거에 격퇴하는 방식 같고, 비자본주의는 자본주의 안에서도 순수자본주의적이지 않은 방식들로 작동하고 혼합하고 윤색하는 방식으로 뒤트는 거라고 생각해요. 원래의 경로로 나아가지 못하도록 하는, 일종의 방해 공작 같은 느낌이랄까? 그러다 보면 혼재된 상태에서 완전히 다른 삶의 방식들을 이뤄가게 되죠. 저는 혁명이라는 게 일거에 이루어진다고 생각하지 않거든요. 경로 이탈적이고 혼합하고 추가하는 방식들을 끊임없이 쓰다 보면 거기서 질적인 변화들이 오는 순간들이 있다고 생각해요. 혁명적인 생각을 한다기보다는 우리들이 할 수 있는 실천의 방식은 작은 구멍들을 찾아서 뭔가를 변조시키는 작업이지 않을까요?

주체는 가고 삐딱하고 불순한 비체가 온다

이　　그런 점에서 '비체'라는 것에 대해 얘기해볼게요. 저항을 할 때 '주체'가 아직도 좋은 개념이긴 해요. 그런데 우리는 사회적 동물이에요. 따라서 남성 중심적인 철학 안에서 주체는 항상 타자에 의해서 인정받음으로써 정립되는 과정이 필요해요. 주체가 아무리 '나는 주체다'라고 혼자 얘기해봤자 스스로 만족감이나 자아실현감을 얻지 못하거든요. 누군가가 인정을 해줘야 되는데 서로가 주체인 상황에서 인정을 하는 방식이 아니라 매우 은밀한 방식으로 주체가 타자를 대상으로 만듦으로써, 타자를 대상화시킴으로써 대상에 의해 자신이 인정받는 방식을 택한 경우가 상당히 많았다고 생각하거든요. 이러한 주체는 대상으로부터 자신의 경계를 뚜렷이 하는 주체예요.

예를 들어 프랑스의 구조주의 철학자 루이 알튀세르의 '호명이론'이라는 게 있어요. 누군가 당신을 '누구

　　삐딱하고 불순한 여자들이 이긴다 이현재

야'라고 불렀을 때 당신이 쳐다본다면 그 사람이 그 말을 할 때 당신에게 부여하는 그 맥락을 당신이 인정했기 때문에 자기를 부르는 것인 줄 알고 쳐다본다는 거죠. 이 말은 스스로가 주체가 되는 게 아니라, 누군가가 사회적으로 나를 동일한 방식으로 계속 불러주고 내가 그것을 내면화했을 때 인식하게 되어 쳐다보게 되는 것이 '주체화'라는 말이지요. 여기에 따르면 주체화는 사실 '종속화'를 포함해요. 재밌죠? 영어에서 'be subject to~'는 누구에게 종속되어 있다는 뜻이잖아요. subjet이란 말은 주체라는 의미도 갖고 있지만, be subject to라고 했을 때는 종속되어 있다는 의미죠. 주체가 되기 위해선 사회적으로 주어진 그 규범에 어느 정도 종속되어야 하는, 역설적인 그 두 가지 관계가 항상 같이 있는 거예요.

그런데 이 주체가 그런 관계에서 너무 주체화되어 있을 때에는 사회적으로 주어진 규범을 너무 잘 따르고 있는 사람이 되는 거죠. 이런 사람들의 경우에는 동기 부여가 전혀 없으면 그냥 변화 없이 자기 안에 머물러 있어요. 그래서 우리가 지금 비자본주의적, 혹은 여성주의적인 어떤 행위자들을 불러오고 싶다면, 이럴 때는 기존의 규범에 굉장히 잘 내면화된 주체를 불러와서는 저항 운동이 일어날 수 없어요. 기존의 자본주의와 위계적 젠더 이분법을 잘 내면화한 사람이 그 체계에 저항할 수는 없는 거잖아요.

그런데 지금 이 사회 안에서 주체화되었다고 할지라도 내면에 경계가 흐려지는 지점이 있어요. 저는 그 지점을 알고 뚜렷한 경계 없이 흘러내린 상태에 있는 사람들을 '비체非體'라고 부르고 싶은 거죠. 비체의 경험을 갖고 있는 사람들한테서 저항 운동이 시작될 수 있다고 생각해서 비자본주의와 관련된 운동을 하는 사람들도 큰 의미에서 비체라고 불러요. 위계적 젠더 이분법과 관련된 문제 제기를 하는 여성주의자들도 젠더 관련 비체인 거죠. 왜냐면 기존의 젠더 위계질서에 적응하기 싫고, 구멍이 나서 흘러내려온 사람이고, 더 큰

삐딱하고 불순한 여자들이 이긴다 이현재

저는 요즘 '대상화'가 제일 고민이에요.
너무나 흔하게 사용하고 있는 개념이고
일반적으로 대상화＝상품화, 상품화＝다 나쁨,
이렇게만 생각하고 있는데
이걸 정교하게 생각할 수 있는 방식이
우리한테 필요한 거 같아요.

구멍을 내고 싶으니까요. 정해진 경계가 있지 않고 흐르기 때문에, 그 경계선상에서 얼마든지 경계를 조롱하고 저항하고 부딪혀보는 행위들이 가능한 거죠.

인식 변화가 좀 필요한 거 같아요. 비체는 기존의 잘 적응한 사람들의 눈에는 더럽고 불순한 사람이에요. 스스로를 더럽고 불순하다고 여기는 한 그것은 고통일 수밖에 없지만 그렇기 때문에 기존 체계들에 내가 구멍을 낼 수 있는 사람이라고 인식을 전환하는 순간, 자신을 긍정적인 행위자로 인식하게 될 수 있는 계기가 될 거예요. 나의 비체성을, 무엇인가 변화시킬 수 있는 가능성으로 내가 스스로를 환대하는 거죠. 이런 게 운동가나 활동가들이 같이 모여서 서로 용기를 북돋울 때 필요한 지점이 아닌가 싶어요. 사회에서 부정적으로 낙인 찍은 것들을 긍정화시키는 방법이죠. 그래서 중요한 게 운동인 것 같아요. 혼자만 인식 전환을 해서 되는 게 아니잖아요. 아까 주체도 타자의 인정을 필요로 한다고 했는데 비체도 스스로 자긍심을 갖기 위해

서는 옆에서 같이 고무해주고 응원해줘야 되는 것이거
든요. 그래서 비체들의 연대가 필요한 거죠.

완벽하지 않아도 좋아, 같이 갈 수 있다면

KWEN 궁금했던 게, 에코페미니스트라는 말을 부담스
러워하셨잖아요. 선생님이 생각하고 계신 에코페미니
즘은 어떤 것일까요?

이 　　사실 저는 에코페미니즘이 페미니즘 중에서 가
장 래디컬하다고 생각해요. 저희끼리 농담삼아 '환경
주의자가 래디컬한가, 여성주의자가 래디컬한가' 얘기
했었거든요. 어떤 사람은 여성주의자라는데 제가 보기
엔 환경주의자 같거든요. 왜냐면 인간 안에서뿐만 아
니라 종차, 종 위계까지도 극복하려는 사람들이잖아
요. 그런데 여성과 환경을 같이 이야기한다니, 얼마나
더 래디컬하겠어요. 여성환경연대의 장점은 일상에서
의 전략을 누구보다 제일 잘 세우는 데 있는 것 같아

요. 샴푸를 안 쓴다든지, 모두가 해볼 수 있는 것들을 제안하거나 먹거리와 관련된 이야기를 하거나. 그래서 우리도 이런 거 본받아야 되는데, 그런 생각을 하고 있었어요. 근데, 저는 가죽을 너무 많이 사용하고 있어요. 이 가방 어쩔 거예요. (웃음) 제가 에코페미니스트라고 하기엔 양심이 너무 많이 찔리는 거예요.

그런데 요즘 페미니즘 안에서도 많이 얘기되는 주제인데, 저는 여성들 안에서 내부적으로 논쟁할 때 좀 불편하거든요. 예를 들어서, 코르셋을 벗지 않은 여성에 대해서 우리는 코르셋을 벗어야 된다고 할 수 있어요. 근데 벗지 않은 여성들을 타깃으로 삼아 공격하는 건 아니라고 보거든요. 모두 다 내 생각처럼 완벽할 수 없어요.

사실은 그때그때 다른 전략이 필요한 건데, 아까 말했듯이 정도와 강도에 있어서 사람들은 차이가 있단 말이에요. 그런데 나와 다른 사람이 있을 때 연대 의식이 아니라 적대 의식을 표출하는 건 안 돼요. 남성들이

 삐딱하고 불순한 여자들이 이긴다 이현재

원하는 게 여성들 간의 분열이잖아요. 내가 10을 하고 다른 사람이 2를 한다고 했을 때 그것을 코르셋이라고 정리해버릴게 아니라 그 사람은 지금 2를 하는 상태라고 생각을 하고, 같이 기다려주고 연대하는 게 중요하다고 생각해요. 같이 더 큰 구멍을 낼 수 있도록.

새로운 담론으로 더 풍성한 페미니즘을

KWEN 학생들도 가르치시고, 방송 출연도 하면서 페미니즘을 확산시키고 계시죠. 앞으로 어떤 일들을 하고 싶으신지 궁금해요.

이 　　　제가 제 위치에서 할 수 있는 건 아무래도 '담론' 같아요. 모든 사람이 다 정치할 순 없잖아요. 각자 제일 잘 할 수 있는 역할을 최선을 다해서 하는 것이 진짜 일인 거 같아요. 저는 여성철학자잖아요. 근본적인 담론에 대해 생각해보는 일이 지속되어야 할 것 같아요. 저는 요즘 '대상화'가 제일 고민이에요. 너무나 흔하게 사용하고 있는 개념이고 일반적으로 대상화 = 상품화, 상품화 = 다 나쁨, 이렇게만 생각하고 있는데 이걸 정교하게 생각할 수 있는 방식이 우리한테 필요한 거 같아요. 정교하게 구분하면서 도덕적으로, 혹은 사법적으로 문제시할 수 있는 대상화가 무엇인지를 분명하게 밝혀야 되거든요. 모든 것이 다 대상화란 이름으로 처리되니까 페미니스트의 주장들이 너무 단순하고 납작하다고 하잖아요. 그 담론들을 좀 풍성하게 하고 정교화시키는 작업을 해봤으면 좋겠는데, 이 담론들에 함께할 수 있는 사람들이 필요해요.

저는 여이연^{여성문화이론연구소}, 한국철학사상연구회-여성철학 분과에 소속되어 있는데, 세미나를 충분히 하면서 우리가 당연하게 생각했던 것들이 어떤 오점들을 갖고 있는지를 생각해봐야 될 것 같아요. 지금까지는 페미니즘 대중화나 조직 만드는 일이 중요했지만, 이제는 담론이 출현할 때가 됐거든요. 정책을 만들 때 '어디까지'라는 것이 항상 문제인데, 그 '어디까지'의 힌트

 삐딱하고 불순한 여자들이 이긴다 이현재

를 줄 수 있는 게 담론 지형에서의 논의들이라고 생각해요. 페미니즘 논쟁이 성숙해졌기 때문에 사람들이 새로운 담론에 목말라하고 있어요. 영양가 있게, 더 잘 제시해줄 수 있는 방법을 찾는 게 지금 제가 해야 되는 일이 아닌가 싶어요. ◉

마을에서
피어나는
신나는 꿈

채은순 | 수전 손택 또는 강경화를 연상시키는 그레이 헤어가 인상적이다. 여성환경연대 활동가를 그만두고 오랫동안 살았던 서울 강동구에서 동네 여성들과 함께 또봄이라는 카페를 열었다. 현재 신나는 여성, 자갈자갈이라는 여성주의 문화 창작 그룹을 운영하고 있다.

해사하게 웃는 그녀가 이렇게 뚝심 있고 추진력 있는 사람인 줄 몰랐다. 동네 사람들 몇 명이서 카페를 만들었다고 해서 큰 기대 없이 갔다가 깜짝 놀랐다. 허름한 식당을 이렇게 엣지 있는 공간으로 만든 게 정녕 그녀의 솜씨라니. 그뿐만이 아니었다. 그 예쁜 카페를 글쓰기, 드로잉 온갖 모임들이 열리는 동네 주민들 아지트로 만들더니 언젠가부터는 본격적으로 여성주의 문화 창작 그룹을 만들어 운영하기 시작했다.

프로그램을 기획하고 진행하는 와중에 그녀는 시, 서, 화, 페미니즘까지 섭렵하며 환생한 허난설헌 같은 존재가 되어 더 근사해졌는데, 더 멋진 건 이런 창작 활동으로 마음의 근육이 붙은 언니들이 활동 영역을 넓혀 이런저런 지역 일들에도 목소리를 내고 있다는 사실이다. 전문 용어로 '풀뿌리 여성 정치 세력화'다. 채은순은 앞으로 10년간은 이 일 하나에 집중해보겠다고 말했다. 서울시 동쪽 끝 강동구에서 들려올 이야기들이 설레는 마음으로 기다려진다.

KWEN 안녕하세요, 자기소개 부탁드립니다.

채   안녕하세요, 저는 요즘 마을에서 여성들과 함께 자기중심적이고 스스로가 신나는 일을 하면서 지내고 있는 채은순입니다. '카페 또봄'을 운영한 지는 3년 차가 되었고요. '신나는 여성, 자갈자갈'이라는 여성주의 문화 창작 그룹을 만들어서 여성주의 그림책도 만들고 그림도 그리고 있어요. 요즘 집에서는 '밥 안 해먹기 프로젝트' 중이에요. (웃음)

일단 해보면 달라진다

KWEN '밥 해먹기 프로젝트'가 아니고요? (웃음)

채   네. (웃음) 어느 날 집에서 밥을 하는 제 모습을 보면서 집에 있어도 쉬지 못하는 제가 너무 안타깝게 느껴졌어요. 저는 원래 밥 해먹고 돌보는 것을 좋아하는데, 함께 사는 가족들은 안 하고 저만 하는 것이 굉장히 불편해지더라고요. 그런데 그걸 가족들에게 설득

　　　　　마을에서 피어나는 신나는 꿈 채은순

하고 이해하는 과정이 너무 힘들고, 그렇게 해서는 변화가 없더라고요. 그래서 아예 급진적으로 방법을 바꾸어봤어요. 지금은 거의 시켜 먹거나 각자 알아서 사 먹어요. 하지만 여전히 집밥을 해먹는 걸 중요하게 생각해요. 지금은 무언가를 성취하기 위해 안하고 있지만 (웃음) 시간이 지나면 다시 할 거예요.

KWEN 보통 그런 생각은 많이들 하시지만 실행하는 사람은 드문데요, 행동파시군요.

채 저는 생각을 하면 바로바로 실행하는 스타일이에요. 그때그때 새로운 시도를 해보는 걸 좋아합니다. 요즘은 글을 쓰는 것도 좋아해요. 뭔가 불편한 게 있을 때 생각만 하지 않고 글을 쓰면 정리가 더 잘 되고, 글을 쓰는 가운데 다른 방법도 생각나서 좋아요. 어제 아침에는 나혜석의 『이혼 고백장』을 봤는데, 개인적인 일을 사회적으로 고백하는 이유가 있을 거고 하고 싶은 애기가 있을 거란 생각이 들었는데, 저도 그런 식으로 글을 쓰는 것 같아요. 고민을 해결할 방법이 잘 안 떠오르고 막힌다 싶을 때.

KWEN 여성환경연대 선배 활동가이시기도 하잖아요. 여성환경연대 활동은 어떻게 시작하게 되신 건지 궁금하네요.

채　　　생협에서 먹거리 위주의 활동을 했었는데, 그 활동을 넘어서 무언가를 하고 싶은 시기에 여성환경연대에서 '환경 건강 관리사' 양성 과정을 듣게 되었어요. 그 양성 과정을 들었던 사람들이 끝난 후에도 모임을 계속하면서 뭔가 더 해보자고 얘기했었는데 그 시기에 저는 교육 활동가로 강의하던 중 어머니가 쓰러지는 일이 있었죠. 충격을 많이 받았어요. 그때가 추석 지나고 이틀인가 후였는데, 의사가 말하기를 명절 끝나면 여성들이 그렇게 많이 쓰러져서 병원에 실려 온다고 하시더라고요. 일도 많이 하지만 스트레스를 굉장히 많이 받아서 병이 된다고요.. 그때 여성환경연대에

　　　　　　　　마을에서 피어나는 신나는 꿈 채은순

서 대사증후군과 관련한 여성 건강 사업을 진행해보자
는 제의가 들어왔어요. 어머니의 일도 있었고, 여성 건
강 사업을 통해 여성들이 건강한 몸으로 할 수 있는 일
을 하도록 돕는 게 아픈 어머니를 위하는 일인 것 같다
는 생각이 들었거든요. 그래서 제가 하겠다고 손을 들
었고 그 사업을 3년 반 정도 했죠. 그걸 하면서 여성들
의 자조 모임도 했었어요. 대사증후군은 성인병을 알
려주는 신호등 같은 것인데, 미리 관리를 하면 고혈압
이나 당뇨 같은 병을 예방할 수 있으니까 그 지표를 가
지고 자조 모임 전후로 검사를 해서 비교하고 그 결과
를 자조 모임에서 이야기했어요. 그런데 신기했던 게
그전에는 여성들이 24시간 중에 자기 자신을 위해 쓰
는 시간이 정말 적었는데 자조 모임을 하면서 잘 차려
먹고 자신에게 시간을 할애하다 보니 자존감이 높아지
는 경험을 하는 거예요. 처음에 자기소개할 때 쭈뼛하
고 얘기도 못했는데 이 과정이 끝나고 나서는 목소리
에 자신감이 생기고 지표도 좋아졌어요. 본인의 이야

기를 할 때 당당해지고 삶의 활력이 생기는 게 보여서 굉장히 보람 있었고 여성들에게 이런 시간이 더 필요하다고 느꼈어요. 이 경험을 통해 사람들을 직접 보면서 활동을 해야겠다고 생각했고, 그런 활동을 하기에는 지역이 좋겠다고 생각해서 마을로 오게 되었죠.

여성들을 위한 자기만의 방, 카페 또봄

KWEN 흥미롭네요. 그렇게 마을에서 시작하신 게 카페 또봄이군요. 그런데 왜 카페인가요? 카페가 맘 먹는다고 확 할 수 있는 일은 아닐 것 같은데, 어렵지 않으셨어요?

채 제가 카페를 생각한 건 아니구요, 제가 마을로 와야겠다고 생각했을 때, 누군가가 여성들이 모이는 공간을 만들고 싶은데 같이하면 어떻겠냐고 제안을 해서 시작하게 됐어요. 처음 의도는 여성들, 우리들의 공간을 만드는 게 우선이었기 때문에 서울시 공간지원사

저는 마을에서 여성들의 세력화가
목표인데요. 마을에 와보니 마을에서
여성이 리더인 경우가 거의 없더라고요.
남자가 열이면 여성은 하나둘 있을까 말까.
여성들이 마을에서 일을 안 하는 것도,
못하는 것도 아니에요. 자리가 없고
기회가 없는 것뿐이죠.

업을 신청하려고 준비했었는데 단체나 회원이 있는 게 아니라서 잘 안 됐어요. 이때 마을에서 여성들이 일을 하려면 넘어야 할 장벽들이 있다는 걸 느꼈죠. 마을에서 단체를 만들고 조직을 가지고 있는 건 대부분 남성이고 여성들은 시작부터 문턱이 있더라고요.

우여곡절이 있었지만 이왕 시작한 거 해보자고 마음 먹었고, 지속적인 운영을 위해 카페의 형태로 기획하게 됐어요. 인테리어 비용을 위해 우리들끼리 돈을 더 보태고 부족한 부분은 직접 만들었죠. 사실 주부로 사는 시간이 많은 것들을 경험하는 시간이거든요. 인테리어, 요리, 교육 등 다방면으로 하는데 이걸 밖에서 할 경험이 없었을 뿐이죠. 처음에는 다들 집안 인테리어만 해봤지 전기 공사나 간판 같은 건 할 생각이 없었다고 했는데 해보니까 너무 잘하는 거예요. 인테리어 담당자분께서 같이 일해보지 않겠냐고 하실 정도로. (웃음)

처음에는 카페 운영과 동시에 여러 프로그램을 같

 마을에서 피어나는 신나는 꿈 채은순

이 운영했었고 반응도 좋았어요. 지금까지 지속되는 모임도 있고요. 그런데 카페를 그냥 일상적으로 이용하고 싶어하는 사람들과의 거리가 생기더라고요. 그래서 지금은 프로그램을 거의 하지 않고, 제가 해보고 싶은 것들은 초반에 말씀드린 자갈자갈에서 하고 있어요.

KWEN 그렇군요. 카페에서는 어떤 프로그램들을 하셨었나요?

채 카페니까 핸드드립 교실도 열었고, 동네에 살고 계신 작가 분을 모셔서 드로잉 교실도 했어요. 그분이 사실 수업을 많이 하시는 분이 아닌데 여기서 2년 가까이 수업을 진행하시면서 사람들이 그린 그림을 바탕으로 책을 두 권 내셨어요. 그 과정이 본인에게 기획이 된 거죠. 동네 공방에서 목공 수업을 하기도 했고 바느질 수업, 어른들의 동화 모임, 글쓰기 등 다양한 프로그램들을 진행했어요. 이걸 하면서 마을에서 여성들이 뭘 원하는지를 생각했던 것 같아요. 여성들은 감성적이고 창의적인 일을 하기를 원하는데 기존의 마을에서는 여성들에게 돌봄 역할만 부여하거나 교육해야 될 대상으로 많이 봤던 거죠. 교육들을 기획하면서 여성들의 욕구를 많이 알게 됐어요.

KWEN 정말 바쁘실 것 같아요. 일과 양육을 동시에 하는 입장에서 개인적인 고민은 없으신가요?

채　　저는 아이들이 어렸을 때 잘 먹이는 게 매우 중요하다고 생각해서 잘하려고 애썼었는데 문득 생각이 든 것은, 아이가 잘 먹는 것만이 아이가 잘 크는 방법이 아닌 거 같은 거예요. 시간이 될 때 아이가 관심 있는 것에 대해 같이 이야기를 하는 게 더 좋은 것 같아요. 둘째 애는 페미니즘에 관심이 많은데, 안 그래도 오늘 아침에 저에게 페미니즘과 에코페미니즘의 차이에 대해 묻더라고요. 그런 이야기들을 주고받을 수 있는 관계, 그것만 되어도 괜찮다고 생각해요. 부모가 의식주 전반을 다 책임지지 않아도, 내가 할 수 있는 부분만 책임져도 서로 이야기가 잘 통하면 나머지 부분은 이해를 해요. 내 신념을 아이에게 온전히 주입시키려고만 하지 않으면 관계가 괜찮은 것 같아요. 아이가 느낄 때까지 기다려주는 것도 필요하니까요. 저는 저대로 살고, 아이도 아이대로 사는 것. 물론 순간순간 죄책감이 느껴질 때도 있어요. 근데 남편을 생각하면, 내가 이렇게 죄책감을 느끼는 순간에 남편도 죄책감을 느낄까? 비교해서 생각해보면 안 느낄 것 같거든요. 실제로 물어본 적도 있어요. 나는 당신이 일에 집중하고 싶을 시간에 내가 아이를 돌보고 집중할 수 있는 여건을 만들어줬는데, 당신은 내가 했던 것처럼 날 위해 해줄 수 있냐고. 근데 못하겠다고 하더군요. 본인도 자기가 하고 싶은 일이 있어서 해줄 수 없다고. 결혼 초기에 비해서 많이 나아졌다고 생각하지만 아직도 한계가 있고 그 한계를 벗어나기 어렵다는 생각이 들어요. 가족이 제일 안 바뀌는 것 같기도 해요.

여성들의 목소리가 더 필요하다

KWEN 가족은 바꾸기 어렵고 (웃음) 그럼 마을에서의
변화는 있을까요? 마을 운동에 어떤 의미를 두고 계시
는지 궁금합니다.

채　　　저는 마을에서 여성들의 세력화가 목표인데요.
마을에 와보니 마을에서 여성이 리더인 경우가 거의
없더라고요. 남자가 열이면 여성은 하나둘 있을까 말
까. 여성들이 마을에서 일을 안 하는 것도, 못하는 것도
아니에요. 자리가 없고 기회가 없는 것뿐이죠. 그래서
그런 기회를 많이 갖는 게 필요하고 기회를 갖고 있는
사람들이 뭉치면 여성들이 마을에서 주도할 수 있다고
생각해요. 그런데 그걸 운동 차원으로 얘기하면 거부
감을 느끼고 접근하기 힘들 수도 있으니까 문화 기반
으로 이야기하는 거죠.

　저는 젠더 거버넌스 모니터링을 통해 사업 계획서
를 보면서 전체적인 틀과 일의 흐름을 파악하고 개선

　　　　　　　마을에서 피어나는 신나는 꿈 채은순

안을 내는 공부를 했어요. 현재는 창조적인 활동과 목소리를 내는 활동, 이렇게 두 축으로 젠더 거버넌스 모니터링을 하고 있어요. 첫 해에는 사람도 없고 마을의 반응도 좋지 않아서 어려웠는데 그럼에도 모니터링의 결과가 좋아서 두 번째 해에는 사람을 모아서 5개 사업을 담당했어요. 그리고 얼마 전에 3년 차 되는 모임에 갔는데 12명이나 왔더라고요. 구청 담당자도 와서 그간 우리의 역할과 성과에 대해 이야기해주고 사업의 중요성을 설파해서 고무적이었고, 이런 것이 마을에서 필요하다는 확신이 들었어요. 여성들이 자기 목소리를 내고, 일하고 존재할 수 있는 자리가 필요하다는 요구들이 점점 더 커지고 있어요. 변화하고 있는 거죠. 3년째가 되니까 더 잘할 수 있을 것 같고, 이런 전체적인 흐름을 파악할 수 있는 양성 과정이나 프로그램, 내용도 고민해야 되겠다는 생각이 들었죠.

마을의 오랜 활동가 분이 저에게 말씀하시길, 본인은 나이 들어서 생각해보니 40대 중반에 하나를 선택해서 집중해서 일했던 게 도움이 된 것 같다고, 그러니 저도 제가 좋아하는 주제 하나를 선택해서 10년 동안 집중하면 좋겠다고 하셨어요. 그래서 저는 마을 여성들이 주체적으로 드러나는 일을 해야겠다고 더욱 마음 먹게 되었죠. 그런 여성 선배 활동가가 계시니 저도 중심을 잘 잡자고 생각했어요.

KWEN 많은 분들이 에코페미니즘에 대해 어려워하는데요. 은순 님이 생각하시는 에코페미니즘은 어떤 것인지 이야기해주실 수 있을까요.

채　　　아까 잠깐 얘기했었지만, 아침에 페미니즘과 에코페미니즘의 차이에 대한 아이의 질문을 들었을 때 막연하더라고요. 저는 '에코페미니즘'이라는 건 '다양성을 인정하는 것'에 '페미니즘'이 더해진 것이라고 생각해요. 한국 사회는 다양성을 인정하지 않고 그 억압의 대상이 주로 여성들이기 때문에, 우선순위를 두자면 여성들의 주도적인 삶을 좀 더 응원하는 차원의 활

　　　　　　　마을에서 피어나는 신나는 꿈 채은순

동, 자연환경도 중요하지만 생태계 일원으로서의 여성
들의 목소리를 더 듣는 것이 에코페미니즘의 과제라고
생각합니다.

이런저런 에코페미니즘의 한계가 있을 수도 있지
만, 에코페미니즘을 공격하는 순간 우리가 얻고자 하
는 것을 파편화하는 것 같아요. 우리의 목표와 목적에
집중해야 할 때에 다같이 마음을 모으고 부족한 부분
의 대안을 고민하고 얘기하는 게 좋지 않을까 하는 아
쉬움이 있어요.

마을에서 만들어가는 또 다른 꿈

KWEN 공감되는 이야기네요. 최근 제일 관심 갖고 계
신 일은 뭔가요?

채   인터뷰 시작할 때 말씀드렸던 여성주의 문화 창
작 그룹 자갈자갈에 요즘 가장 관심이 많아요. 제게는
이 일이 10년 동안 집중해보고 싶은 일이죠. 저는 감성

적, 창의적인 일을 여성들이 잘하고 그 결과물을 만드는 작업을 통해 다른 일을 할 때도 힘을 얻는다는 느낌을 받았거든요. 창의적인 활동을 통해 자신을 탐색하는 시간을 갖고 그걸 직업으로 연결할 수도 있고요. 자갈자갈은 그 맥락에서 만들어진 여성주의 모임이에요. 지금 하고 있는 건 드로잉 모임, 여성주의 그림책 모임, 바느질 모임 등이에요. 바느질 모임 같은 경우는 어떤 분이 드로잉 교실 수업료가 부담스럽다고 하신 게 계기였는데, 그분이 바느질을 잘하시는 분이었거든요. 그래서 드로잉 수업료 대신 우리 모임에 바느질을 배우고 싶어하는 사람들이 있으니까 바느질을 가르쳐달라고 했죠. 여성주의 그림책 모임의 경우는, 페미니즘은 같은 여성들도 서로 이해하는 정도가 다르기 때문에 여성주의 그림책을 통해 서로의 생각을 부담스럽지 않게 맞추기 위한 모임이에요.

자갈자갈을 처음 시작했을 때는 흥분, 설렘 때문에 관계에 불편함을 못 느꼈는데 시간이 지나니까 관계를

 마을에서 피어나는 신나는 꿈 채은순

생각하게 되더라고요. 어떤 모임이든 그런 것 같아요. 특히 여성들은 관계 중심적으로 생각하게 되는 부분이 어느 정도 있어서 손해이기도 하고 장점이기도 한데, 요즘은 그걸 어떻게 장점으로 만들어갈 수 있을지, 갈등 상황에서 관계를 어떻게 만들면 좋을지 고민하고 있어요. 또 다른 관심사는, 여성들이 이런 일을 하면서 돈도 벌고 공간도 확보하면 좋겠다는 생각에 여성센터를 만들까, 아님 마을에서 NPO지원센터 같은 걸 만들까, 어떻게 하면 만들 수 있을까 생각하고 있어요. 지금까지 올 수 있었던 것도 또봄이 거점이 되고 프로그램을 한 게 있어서 가능한 것 같거든요. 공간이 생기고 사람이 모이니까. 제가 거침없이 가는 게 있어서 사람들이 저를 믿어주는 부분도 있는 것 같고요. 이런 것들에 관심을 두고 있어요.

KWEN 지금까지의 거침없는 활동들을 생각하면 은순님의 바람이 먼 이야기는 아닐 것 같네요. 마지막으로 해주고 싶으신 말씀이 있다면요.

채　　저는 아이를 돌보는 사람의 입장으로 이런 일들을 하거든요. 같은 입장에 있는 사람들을 이해하면서 운동할 수 있는 사람이 저라고 생각하는데, 이걸 감성적인 취미 생활 정도로 생각할 수도 있지만 그럴 기회조차 없었던 여성들에게는 무척 소중한 시간이고 발판과 도구가 될 수 있다고 생각해요. 그 일이 그 사람들에게는 없던 기회거든요. 이 사회에서 가정주부, 돌봄을 하는 사람들의 힘든 점과 이야기들을 지금까지 잘 들어주지 않았으니 그런 이야기를 말하고 듣는 기회가 더 많이 생기면 좋겠어요. ◉

나는
동네 페미니즘
활동가

모아나 | 본명 김민지. 디즈니 애니메이션 〈모아나〉를 좋아해 별칭이
됐다. 워킹맘 생활을 접고 잠시 숨을 고르던 중 자원 봉사를 계
기로 마을 활동에 관심을 갖게 되었다. 여성환경연대 동북지
부 초록상상에서 일하며 동네 페미니즘 활동가로 활약한다.

여성환경연대는 서울에 지부가 두 군데 있다. 그중 중랑구에 있는 동북 여성환경연대 '초록상상'은 10년 역사를 자랑하며 왕성한 활동을 펼치고 있다. 그 공로를 인정받아 작년에는 서울시에서 주는 상을 타기도 했다. 천연 화장품, 반찬 만들기, 독서 모임에 끌려 초록상상에 들렀다가 어느새 청소년들을 대상으로 화끈한 성교육을 하고, 중랑구 의정 모니터링을 하고, 미투 현수막을 만들어 붙이고 다니는 불온한(?) 가정주부들이 대부분의 회원이자 활동가들이다.

모아나 역시 그렇게 2012년에 초록상상 회원으로 가입해 지금은 누구보다 바쁘게 일하는 초록상상 활동가가 되었다. 모아나가 아마도 별명을 짓는데 영감을 얻었을 동명의 디즈니 애니메이션 〈모아나〉에서 주인공 모아나는 저주에 걸린 섬을 구하기 위해 온갖 반대에도 불구하고 긴 항해를 떠나고 용기와 지혜를 발휘해 저주를 풀어낸다. 백마 타고 온 왕자 대신 마음의 소리를 따라 나서는 모험. 화이트닝 따윈 관심 없는 까

무잡잡한 얼굴에 생기 넘치는 표정. 확실히 닮았다.

6월 면목동에서 중화동으로 초록상상 터전을 옮기느라 모투누이 섬을 구하는 모아나 못지 않은 고생을 하고 비로소 한시름 놓은 모아나를 만났다.

KWEN 아는 사이에 좀 거시기하지만, 독자 분들을 위해서 자기소개 부탁드립니다.

모 안녕하세요, 풀뿌리 여성주의 활동가 모아나 입니다.

내 아이 잘 키우기가 최대 목표일까?

KWEN 대학원 석사를 마치고 학교 연구소에 다니다가 초록상상에 오신 걸로 알고 있는데요, 초록상상에 오시기까지의 과정이 궁금합니다. 어떻게 초록상상과 만나게 되셨나요?

모 직장을 다닐 때, 내가 여기에 왜 다니고 있는지

회의감이 들었어요. 금전적인 건 보상이 되지만 내가 이 일로 무엇을 성취하고자 하는지 공허했죠. 그런 마음의 갈등과 더불어 직접적인 계기는 소위 '워킹맘'으로서의 갈등이었어요. 제 출근 시간에 맞춰 새벽부터 너댓 살 아이들을 깨워서 할머니 집으로 유모차에 실어 보내는데 그게 비인간적이라고 느껴지더라고요. 그런데도 아이들로 인한 돌발 상황이 생겼을 때 회사에 미안하다, 죄송하다 소리를 반복해야 했고, 집에 와서는 엄마의 눈치를 봐야 했죠. 그런 생활이 반복되면서 '내가 이렇게 바쁘게 사는데 왜 나를 둘러싼 모든 사람들에게 미안한 삶을 살아야 하지, 무엇이 문제지'라는 생각이 들었어요. 현실적으로 이걸 끊으려면 내가 그만두는 수밖에는 없었어요. 물론 지금은 남편이 아이를 잘 보는데, 그때는 남편의 해외 출장이 잦아서 아이들과 지내는 시간이 익숙하지 않았기 때문에 현실적으로 둘 중에 한 명이 애를 본다면 내가 돌봐야 한다고 생각했던 거죠.

일을 그만두고 한동안은 굉장히 좋았어요. 아침 일찍 일어나지 않아도 되고, 쓸데없이 아이들을 일찍 깨우지 않아도 되고, 아침을 같이 보낼 수 있고. 특히 동네에 알고 지내는 사람들이 생긴다는 게 신기했어요. 아이를 어린이집에 보내고 어떤 엄마가 우리 집에서 차 한잔하자는 얘기를 해줬을 때 기분이 되게 좋았어요. 그전이라면 나도 급하게 출근을 했을 텐데 동네 분들을 만나서 어린이집 생활에 대한 얘기, 애들 친구들에 대한 얘기를 듣는 게 좋았어요. 사람들과 어울리는 게 1년 정도는 엄청 좋았던 것 같아요.

그런데 같이 어울리던 분들과 가치관이 좀 다른 부분이 있어서 멀어지게 됐죠. 좋은 사람들인데, 내가 원하는 방식의 어울림은 아니라는 생각이 들었어요. 그럼 내가 뭘 원하는 건지 고민이 되기 시작했죠. 어쨌든 아이를 잘 기르고 싶은 욕구는 분명히 있었어요. 어린이집과 할머니 손에서 자라다 보니까 저에 대한 애착이 확실히 적다고 느꼈거든요. 근데 동시에 오로지 아

    나는 동네 페미니즘 활동가 모아나

이를 잘 기르는 것만이 내 삶의 목표가 될 순 없겠다는 생각도 들었어요. 이 사회에서 나를 시민으로 길러낸 목표가 내 아이를 잘 기르는 것이었나? 여성 시민의 최대치가 자식을 잘 기르는 좋은 엄마라면 이건 뭔가 잘못됐다는 생각이 들었어요. 여기서 갈등이 있었죠.

초록상상에서 찾은 지역활동의 맛

그러다 자원 활동을 하나 시작하게 됐는데, 지역의 6~7살 아이들 중에 인지 능력에 문제가 있거나 적응이 어려운 아이들에게 일대일로 붙어서 지원을 해주는 일이었어요. 학교에 입학하기 전에 아이가 적응할 수 있도록 도와주는 프로그램이었죠. 그전에는 소위 임금노동을 하는 사람과 집에서 아이를 기르는 가정주부, 극단적인 두 삶만 생각했었는데 자원 활동을 하면서 '지역 활동'이라는 새로운 삶을 맛봤던 거죠. 그때 그 자원 활동 광고가 올라왔던 게 초록상상 게시판이었어요. 처음 갔을 때 공간이 너무 마음에 들었어요. 그때 마침 장이정수 대표님을 만나게 되어서 이런저런 얘기를 하다가 초록상상 건강팀의 활동이 마음에 들어서 합류하게 됐어요. 같이 밥도 만들어 먹고 책도 읽는, 소모임 같은 그런 느낌이 좋았어요. 그런데 교육 시즌에는 같이 밥 해먹고 놀던 선생님들이 갑자기 프로페셔널해지는 걸 보면서 또 새로웠고. (웃음) 그런 것들을 보면서 초록상상에 소속감이 생기고 지금까지 온 것 같아요.

KWEN 하필 처음에 장이정수 선생님을 만나셨군요. 사무실에 잘 계시지도 않은 분이 왜 그때 계셨을까요. (웃음) 엄마 역할로만 나를 한정하는 것에 대한 답답함과 아쉬움이 굉장히 크셨던 것 같은데 지금도 고민되는 지점이 있으신가요?

모   지금은 고민되진 않아요. 사실 노력하거나 해법을 찾았다기보다는 아이들이 커서 괜찮아진 것 같아

    나는 동네 페미니즘 활동가 모아나

제 다음 세대들이 좀 다른 세상을
경험하길 바라요. 개인적인 노력으로
할 수 있는 경험이 아니라 이 사회가
달라져서 내가 겪었던 것과 다른 세상을
겪을 수 있었으면 좋겠어요.
워킹맘이 된다고 해도 내가 겪었던 마음,
갈등을 겪지 않았으면 하는 거죠.

요. 예전엔 내가 밥을 해주지 않으면 집에서 울었는데 이젠 애들이 나가서 사 먹고 계란후라이 해먹고 그러거든요. (웃음) 힘든 거라면 아이들 때문은 아닌데 주말이 좀 어려워요. 주말에 의미 있는 행사들이 있기도 하고, 꼭 가서 내 목소리를 보태고 싶은 집회 같은 것들이 있잖아요. 일이 생기기도 하고. 그런데 제 경우는 편찮은 부모님이 계셔서 격주로 뵈러 가는데, 내가 병원에 가야 하는 기간에 행사가 있거나 일이 있으면 어렵죠. 또 아이들과는 주간에 각자 시간을 보내니까 주말에라도 같이 시간을 보내고 싶은데 주말에 빼먹을 수 없는 일들이 생길 때 '아, 이건 아닌데' 싶죠. 그래서 지금은 되도록 주말에는 가족을 위해 시간을 쓰려고 해요.

천천히 그렇지만 확실하게 변화는 온다

KWEN 그렇군요. 모아나가 본인을 가리켜 동네 페미니즘 활동가라는 말을 쓴 적이 있어요. 그게 굉장히 재밌게 들렸는데요, 동네에서 여성주의, 환경 운동을 하는 게 뭔가 더 어렵다거나 특별한 점이 있나요?

모　　좀 다른 게 있죠. 저도 원래는 이름에 양성을 쓰는데 동네에 가면 그렇게 하지 않는다든지, 얘기를 할 때 수위를 조절하게 되는 건 있어요. 보통 자기가 맺은 관계 안에서 그 사람을 해석하게 되니까 제 생각을 드러내는 것에 조심하는 경우가 있는 것 같아요. 동네에서 저를 만나는 분들이 저를 활동가로서만 만나는 게 아니잖아요. 저를 만나는 분과 저만의 일대일 관계가 아니라 만약 그분이 내 아이를 굉장히 가까이서 보는 사람이라면 내 아이를 그냥 그 아이 자체로 보는 게 아니라 저와 관련지어서 볼 수 있기 때문에 조심하게 되는 부분들이 있는 거죠. 동네 안에서 이웃으로 지내는 사람이라면 그 사이의 관계도 생기고요. 이런 것들이 끼어 있기 때문에 제 안의 어떤 주장이 생길 때 이 얘기를 할까 말까 고민을 많이 해요. 조금 관계가 편해지면 욕심을 내긴 하지만요. 어디 놀러갈 때 '일회용 젓가락 꼭 써야 하나' 그런 얘기를 넌지시 한다든지. 별 거 아닐 수 있지만 유별난 사람으로 여겨지지 않을까 싶어서 제 딴에는 굉장히 조심하게 돼요. 또, 동네는 워낙 다양한 의제들이 있어서 적당히 협력하고 적당히 참여하면서 해야 해요. 내 얘기만 하면 안 되고 남의 얘기도 들어야 하죠. 근데 제가 모르는 이야기도 있고, 들었을 때 혼란스러운 이야기들도 있어요. 제가 모든 분야에 전문가는 아니니까요. 이런 부분들이 좀 어려운 것 같아요.

KWEN 혹시 주변 사람들이 초록상상 활동 덕분에 변화하는 걸 본 적은 없으신가요?

모　　예전에 한참 PVC 유해성에 대해서 말하고 다닐 때, 지인이 넌 왜 그런걸 외우고 다니냐고, 화학 물질명을 왜 외우고 다니냐면서 핀잔을 줬던 적이 있었어요. 근데 나중에 본인이 이사를 했는데 이사 간 아파

　　　　　　　　　　나는 동네 페미니즘 활동가 모아나

동네페미 은박지
#초록상상 #아들둘있음
#중랑구 샌언니
#체대생패션

환경호르몬에서 벗어나는 방법
1단계(회신) = 어떤 제품 꼭 독이 되는가?
2단계(지선) = 대안을 말는가?
3단계(차선) = 위험을 물치려면 어떻게 해야할까?

트에서 바닥 흠집 때문에 PVC 매트를 깔아줬었나 봐
요. 그래서 이 매트에 들어 있는 어떤 물질이 안 좋고,
어린이들에게도 나쁘고 그런 내용들을 써서 아파트 엘
리베이터에 붙였대요. 내가 그런 얘기들 할 때마다 뭐
라고 했으면서. (웃음) 그럴 때 이 활동으로 사람들이 변
화한다는 생각이 들긴 하죠. 또 이런 일도 있었어요. 지
인들 중에 저랑 정치 성향 안 맞는 분들이 초록상상 가
입을 하신 적이 있는데, 정치색을 떠나서 초록상상에서
는 사회에 필요한 이야기들을 하는 것 같고 이런 얘기
들이 우리 사회를 건강하게 만드는 것에 동의를 하고
응원한다고 하시더라고요. 그럴 때 기분이 좋았죠.

KWEN 초록상상에서 지역 사회와 함께 하는 활동들은
뭐가 있나요?

모　　두레생협에 한 달에 한 번씩 화장품을 같이 만
드는 워크숍에 지원을 나가요. 두레생협이 단순히 좋
은 물건을 구입할 수 있는 곳이라는 인식보다 사람들

　　　　　　　　　　나는 동네 페미니즘 활동가 모아나

이 모이는 공간, 구심점이 되길 희망하는데 천연 화장품이 사람들을 모으기 좋은 아이템이거든요. 워크숍에서는 주로 기초 화장품을 만들어요. 저는 개인적으로 화장품을 예전부터 만들었는데, 혼자 만들어서 혼자 쓰고 기분 내키면 선물하는 정도였어요. 그런데 초록상상에 와서 이런 활동들이 맥락을 만나서 사람들에게 다른 의미를 줄 수 있었죠. 이 화장품 하나로 많은 이야기들이 뻗어나갈 수 있어요.

면월경대도 2010년 경부터 썼었는데, 그땐 사용법도 잘 몰라서 면월경대 빨래하다가 주부 습진에 걸리기도 했어요. 너무 열심히 빨았던 거죠. (웃음) 그때는 약간의 호기심과, 일회용품이 결코 우리 몸에 좋지 않다는 생각 정도에서 혼자 정면돌파했던 거라면, 초록상상에 와서는 월경에 대한 다른 생각들을 실천하는 방법, 내 몸에 대한 이야기들을 다 함께 받아들이는 과정으로 면월경대를 다시 보게 됐어요. 나의 개인적인 실천들이 취미로 남지 않고 활동으로 이어질 수 있게 된 거죠.

다음 세대가 살 세상은 달라지기를

KWEN 대학 때 학내 페미니즘 운동을 열심히 하신 걸로 알고 있는데요. 최근에 다시 불 붙은 페미니즘을 보면서 어떤 생각이 드세요? 초록상상에서도 영향을 받은 부분이 있을까요?

모 페미니즘이라는 게 내 인생에 다시 들어올 줄은 몰랐어요. 대학원에 진학했는데 과 자체가 남초였고 훨씬 보수적이었기 때문에 의도적으로 이전 페미니즘 활동들과 거리를 두어야 했거든요. 그런데 초록상상에서 성교육팀 활동을 하면서 우리는 어떤 교육을 통해 어떤 얘기를 해야 하는지, 혹은 이 얘기는 어떤 방식으로 해야 하는지 고민하기 시작했어요. 그럼 우리는 관계 맺는 방식에 대해서 이야기를 하자, 그런데 좋은 관계를 맺으려면 권력이나 소수자성에 대해 검토해보지 않고 깊이 있는 관계를 맺기가 힘들다, 그런 얘기들을 하면서 자연스럽게 다시 여성주의 공부가 시작된 거예

　　　　　　　　나는 동네 페미니즘 활동가 모아나

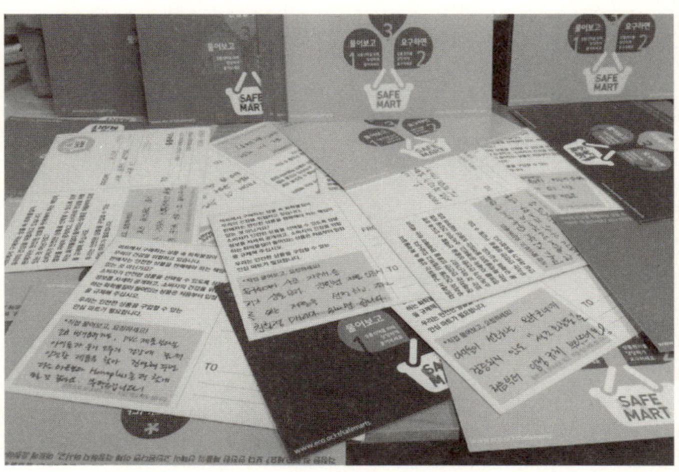

요. 저도 여성주의 책들을 책장에서 다시 꺼내보고 공부하게 됐어요. 내가 산 줄도 몰랐던 책들이 많더라고요. 월경 페스티벌 때 샀던 굿즈, 팜플렛도 발견했어요. 이런 거 모아서 전시해도 재밌을 텐데!

KWEN 지난 컨퍼런스 때 월경 교육에 대한 이야기를 해주셨는데요. 그 이후에 지역에서 월경 운동으로 어떤 일들을 계획 중이신지 궁금해요.

모 일단 지역에 녹색병원이 있으니까, 녹색병원에서 직원 자원 봉사 활동으로 면월경대 만들기를 하려고 해요. 그분들이 만들어주신 것들을 이제 막 초경을 경험할 지역의 아이들에게 나눠주고 이와 관련해서 워크숍을 하려고 하거든요. 누구와 월경 이야기를 해야 할까 고민했는데, 초경을 앞두고 있을 청소년과 함께하면 좋겠다는 생각이 들었어요. 일회용품이 아직 당연하지 않을, 그리고 월경에 대해 부정적 인식을 덜 가지고 있을 나이대의 사람들이라고 생각했기 때문이에요.

사실 동네의 한 중학교에서 저희가 굉장히 오랫동안 면월경대 만드는 교육을 했었어요. 그때는 저희가 사업비, 재료비를 다 부담했었는데 그 사업이 좀 뜸해지면서 한동안 안 했거든요. 근데 올해 그 학교가 오랜만에 연락을 해서 비용을 학교에서 다 마련할 테니 워크숍 진행을 좀 해달라고 하더군요. 한 시간 강의를 부탁하셔서 그 시간 안에 다 못 만들 수 있다고 했는데 나머지는 수행평가나 학교 수업시간 안에서 소화할 거라고 하셨어요. 학교의 의지가 있는 거죠. 이런 변화도 생기고 있습니다.

KWEN 정말 오랫동안 공들여서 만들어낸 변화네요. 뿌듯하시겠어요. 이제 마지막 질문이 될 텐데요, 모아나의 꿈은 뭔가요?

모　　글쎄요…. 딸들을 낳아서 페미니스트로 키우는 게 제 가장 큰 꿈이긴 한데 이미 좀 늦은 감이 있고. (웃음) 개인적인 꿈이라기보다는, 제 다음 세대들이 좀 다른 세상을 경험하길 바라요. 개인적인 노력으로 할 수 있는 경험이 아니라 이 사회가 달라져서 내가 겪었던 것과 다른 세상을 겪을 수 있었으면 좋겠어요. 워킹맘이 된다고 해도 내가 겪었던 마음, 갈등을 겪지 않았으면 하는 거죠. 그들이 면월경대를 쓴다고 하면 제가 들었던 것과 같은 주변의 잔소리를 듣지 않았음 하는 거고요. 다음 세대를 위해서 다른 세상을 만들고 싶어요. ◉

이 사회에서 나를 시민으로
길러낸 목표가 내 아이를 잘
기르는 것이었나? 여성 시민의 최대치가
자식을 잘 기르는 좋은 엄마라면
이건 뭔가 잘못됐다는 생각이 들었어요.

도시에서
차리는
살림의 밥상

문성희 | 부산에서 태어났다. 요리 선생이었던 어머니를 따라 요리를 시작했다. 대표 저서로 『평화가 깃든 밥상』, 『문성희의 밥과 숨』이 있다. 딸 솔과 함께 서울 연희동에서 쿠킹 스튜디오 시옷을 운영하고 있다.

하얀 머리에 직접 손바느질로 지어 입은 옷. 자연 요리 연구가로 유명한 문성희 님을 연희동 '시옷' 스튜디오에서 만났다. 선생님은 딸 솔과 함께 요리 교실을 운영하며 무, 호박, 가지 같은 극히 평범한 재료와 양념만으로 영혼이 웃음 짓게 하는 밥상을 차려낸다. 고기 한 점 없어도, 슬쩍 넣는 조미료 없이도 맛나고 아름다운 이 요리의 비결을 배우고자 전국에서 학생들이 모여든다.

사람이 사는 데 가장 중요한 행위에는 '짓는다'라는 동사를 붙이는 법이라고 한다. 실로 그러하다. 밥을 짓고, 옷을 짓고, 집을 짓고. 짓는 일을 이런 저런 핑계로 외면하고 남의 손에 맡겨버리고 사는 삶은 위태하고 불안하다. 어느 시대보다 많이 먹고 마시지만 마음은 허기진 사람들이 현대 사회에 넘쳐나는 이유일 것이다.

칠십 평생, 수행하듯 밥 짓는 일을 하며 살아온 삶. 문성희 선생님의 이야기는 선생이 짓는 밥처럼 얼핏 소박했지만 건강한 기운과 깊은 맛이 꼭꼭 씹혔다.

KWEN 최근에 『밥과 숨』이라는 책을 내셨지요. 스테디셀러 『평화의 밥상』 저자로도 잘 알려져 계시고요. 선생님을 보통 '명상하는 요리사'라고 얘기하던데요.

문 명상하는 요리사. 그런 말은 들으면 너무 오글오글해요. (웃음) 올해 69세인데, 한 사람으로서 생존하기 위해 살았던 것, 그 외에는 아무 것도 없는 것 같거든요. 굶어죽지 않기 위해 애쓰고, 자식을 돌보고, 그렇게 살았죠.

음식을 가르친다는 말도 좀 거북해요. 가르침이라는 말보다는 그냥 내겐 직업, 일이었어요. 한편으로는 나이 칠십 가까이 되도록 이 삶을 살아내었다는 것이 자긍심을 갖게 해요.

앞으로는 지금까지 겪었던 것보다는 큰 파동이나 두려움, 걱정은 없을 것 같으니까. 잘 살아낸 것 같아요. 2년 동안 책 쓰면서 정리가 많이 됐어요.

수행은 과거보다 나아지려는 노력

KWEN 가톨릭, 불교, 인도 라자요가… 선생님 책에서도
나오지만 다양한 종교를 넘나드시는 점이 인상적이었
어요. 선생님께 종교 생활, 신앙은 어떤 의미인가요?

문 뼈와 살 같아요. 태어날 때부터 전쟁 통에 세례
를 받았고, 전쟁이 끝나고는 유년기를 신부, 수녀님들
품에 안겨 자라고, 유치원 성당도 다녔어요. 고등학교
도 가톨릭 계열로 가게 되었죠. 신앙이란 것이 내가 선
택한 게 아니었기 때문에 제 삶이 그걸로 너무 점철되
어 있어서 오히려 도망치려고 하기도 했어요. 근데 집
안 자체가 그러니까 도망칠 수도 없었죠. 그 과정에서
진리가 도대체 뭔지 고민하고, 어떻게 해야 믿을 수 있
을까, 사랑할 수 있을까 끊임없이 생각했죠. 그런 갈증
이 있으니까 불교도 만나게 되고, 수행하는 사람들도
만나게 되고, 지리산에 사는 여성 도사들도 만났는데
정말 경전에 나오는 것 같은, 어마어마한 진리를 이야

기해요. 그런데 그들에게도 어두움과 빛이 항상 공존하더라고요.

　우리는 항상 나보다 훌륭하고 대단한 사람을 보고 싶어 하잖아요. 그런 사람들을 계속 밖에서 찾죠. 그런데 밖에서 찾을 일이 아니에요. 누군가를 외부에서 찾는 것보다 내가 그렇게 되는 것이 중요하고, 또 가능하다고 생각해요. 다른 이들에게도 이야기해요. 네가 그렇게 되라고.

KWEN　집안 배경도 무시할 수 없겠지만 영적인 것에 대한 갈망이 크셨던 것 같아요.

문　　요즘 명상이 트렌드처럼 되었는데, 예전에는 명상이 사색, 사유, 생각한다는 의미였거든요. 수행도 마찬가지고. '수행'이란 것도 따로 있는 게 아니고 과거보다 나아지려고 노력하면서 사는 게 수행이라고 생각해요. 다들 그렇지 않나요? 어제보다는 발전하려고 하고, 계속 나아지고 싶어 하고, 마음속에서 일어나는 여러

　　　　　　　　도시에서 차리는 살림의 밥상　문성희

가지 것들에 대해서 불편해하잖아요. 어떨 때는 확 화를 내고 나서 내 마음속에 이런 게 있었다니 놀랄 때도 있을 거고, 어떨 때는 주눅 드는 기분이 들면서 '나는 왜 이렇게 자긍심이 없는 거야, 당당하고 싶다' 이런 생각들을 하니까요. 그런 보편적인 것들에 좀 더 집중하는 것이 수행일 수도 있는 거죠.

나도 지금 생각하면 일부러 수행하려고 살았던 건 아니고, 내게 일어나는 것들이 이해가 잘 안 되어서 시작했던 것 같아요. 10대 때부터 계속 내 안에 배신감, 좌절감, 슬픔이 깃들 때 '왜 이런 것들이 내 안에 있지' 이런 생각을 하게 된 거죠. 그게 나를 힘들게 하니까. 그런데 내 안에 일어나는 화를 가만 분석해보면 내 잘못이 아닌 타인의 잘못으로 화가 난 건데, 그게 내 삶에 영향을 끼치는 게 억울하잖아요. 어쩌면 그 억울함을 풀기 위해 사유, 사색, 기도, 명상까지 가게 된 것 같아요.

KWEN 억울함 같은 게 있으면 그 일을 더 생각하지 않으려고 하거나 다른 것을 좇기도 하는데, 선생님은 계속 자기 안으로 파고드시는 것 같아요. 어떻게 계속 그렇게 하실 수가 있는지요?

문　　　어렸을 때부터 어렵다고 힘들다고 외면하는 게 비겁하게 느껴졌어요. '비겁하게 굴복하지 않고, 절대로 외면하지 않고, 직시하겠다'는 말을 20대 때 계속 일기에 썼더라고요. 뭐든 계속 직면해야 한다고 생각했던 것 같아요. 힘들지만 직면하고 나면, 생각보다 별거 아니었는데 괜히 두려워하고 안 보려고 했던 게 더 많더라고요. 자꾸 경험해보면 깨닫게 되는 것 같아요. 인간의 가장 취약한 점이 두려움, 수치심이라고 생각하거든요. 그게 우리 안의 깊은 곳에 무의식으로 똬리를 틀고 있어서, 직면하는 것밖에는 답이 없는 것 같더라고요. 저는 직면하는 걸 권해요.

　　　　　　　도시에서 차리는 살림의 밥상 문성희

살림이 살리는 일이 되려면?

KWEN 선생님은 밥상의 중요성을 많이 얘기하시죠. 그런데 주로 여성이 살림을 하게 되는 측면에서 살림은 여성에게 주어진 또 다른 굴레라는 이야기가 나오고 있는데요. 그런 관점에서 에코페미니즘을 거부하는 젊은 페미니스트도 많은 것 같고요. 선생님의 생각은 어떠신지 궁금해요.

문 불과 50년, 100년 전만 하더라도 『토지』 같은 책을 보면 안주인의 권력이 막강했거든요. '살림'하는 사람으로서 권력이 있었는데, 산업화가 진행되고 여성들이 돈 버는 곳으로 내몰리면서 문화 속에서 '살림'이라는 게 계속 '여성'의 굴레로 강화되어 온 거죠. 그렇지만 역사는 계속 수정되면서 발전하고, 시대가 달라지고 있으니까요.

세상이 너무 바쁘고 복잡하고 나도 제정신 차리기 힘든데 살림을 강요받으면 힘들죠. 나눠야 하고, 균형

  도시에서 차리는 살림의 밥상 문성희

이 잡혀야 한다고 생각해요. 사실 나는 '살림'을 통해서 힐링, 치유가 된다고 생각하는 입장이고, 그걸 여성만이 해야 한다고 생각하지 않아요. 남성들도 깨닫는 사람들은 먼저 하겠죠. 살림을 강요된 문제로 볼 때는 억압이지만 그 의미를 깨닫게 되면 좀 달라져요. 물론 최근의 페미니즘과는 결이 다른 얘기일 수도 있겠지만. 저는 개인적으로 페미니즘적인 관점이 본질적으로 가면 내 안의 힘을 키우고 잘 사용하는 것이라고 생각하고, 그 관점에서 이야기하고 싶어요. 여성들 안에 있는 창조적인 힘을 잘 발휘할 수 있도록요.

KWEN 살림은 그야말로 만물을 '살리는' 중요한 일이지만 요즘 세상에서는 살림이라는 것을 중요한 사람은 하지 않는 하찮은 일로 생각해서 존재감이 작아지는 부분이 있는 것 같아요.

문　　개인의 문제가 아니에요. 사회적, 구조적 문제죠. 사회적으로 가치를 적게 부여했던 일이니까. 그렇지만 개개인의 깨어남과 연결됨 없이는 구조적 변화로 이어지지 않는다고 생각해요. 깨닫는다는 것, 안다는 것은 언제나 반전이 일어날 수 있는 거죠. 깨달음을 받아들일 수 있는 자신의 마음가짐이나 태도가 열려 있어야 한다고 생각해요.

나를 돌보는 일, 밥상에서부터

KWEN 이 사회에서 살아가는 구성원들이 대부분 밥을 짓는 시간조차 갖기 힘든 상태에서 살아가고 있잖아요. 선생님은 일상에서 밥심과 숨심을 기를 수 있다, 그렇게 살아내신 걸 보여주셨는데, 저희가 도시에서 살아가면서 밥심과 숨심을 잘 기를 수 있는 방법이 있을까요?

문   가치에 대한 생각이 바뀌어야 해요. 물론 너무 어렵죠. 거대한 세상의 틈바구니 안에서 내가 가치 있다고 생각하는 것들을 유지하고 지키기가 너무 힘들

도시에서 차리는 살림의 밥상 문성희

내가 지구에 하나의 사람으로
태어나서 살아가고 있는데,
그 가치가 정말 경이롭게 느껴져야
다른 생명도 가치 있다고
느껴지는 거니까 나를 돌봄이
우선이라고 생각합니다.

거든요. 눈만 뜨면 모든 게 소비를 부추기고 경쟁을 유발하니까요. 따로 방법이 있을지는 잘 모르겠지만 나처럼 소박하게나마 내가 먹는 밥을 스스로 챙길 수 있다면 그게 하나의 방법이 되지 않을까요. 결국 먹는 게 가장 중요하다고 생각해요. 저는 수업하면서도 사람들의 식성이 바뀌는 것을 느껴요. 먹는 것만 바뀌어도, 몸세포 시스템이 바뀌면 굉장히 빠른 속도로 스트레스로부터 자유로워질 수 있지 않을까 싶어요. 그렇지만 먹는 걸 바꾸는 건 쉽지 않죠.

뜻이 맞는 동료가 있다면 21일간의 클린 프로그램을 같이 해보면 좋을 것 같아요. 아침, 저녁은 유동식, 죽이나 스무디, 해독스프 등 그 계절에 나는 걸로 먹고 점심은 저염식으로. 안 먹어야 되는 건 빵, 국수, 음료수, 커피. 생선까지는 괜찮은 것 같아요. 혼자서는 힘드니까, 단톡방을 만들어서 매일 먹는 것들 사진을 올리세요. 단톡방에 저를 초대해도 좋아요. 제가 한 번씩 잔소리를 할 테니까. (웃음) 21일은 되어야 세포가 변해요. 모든 물질은 진행되는 방향으로 가려는 관성, 가속의 법칙이 있어서 확 끊어주지 않으면 벗어나기 힘들어요. 몸에 익을 때까지 시간이 필요해요.

KWEN 그렇군요. 단식하는 것보다는 쉬울 것 같네요. 먹는 것만 바뀌어도 많은 게 바뀔 수 있을 것 같아요. 먹방, 미식에 대한 관심은 갈수록 커지는데 직접 요리하는 사람은 많지 않은 이유는 뭘까요?

문 저는 요즘 계속 밥상 문화가 바뀌어야 된다고 이야기하고 있어요. 요즘 같은 시대에 밥, 국, 반찬 그렇게 하나하나 해먹기 힘들잖아요. 그래서 저는 밥, 국, 반찬 꼭 이렇게 놓고 먹는 게 아니라 한 그릇, 한 접시 안에 적당한 정도로 담아서 먹는 문화가 널리 퍼졌으면 좋겠어요. 뷔페에서 막 퍼먹는 그런 거 말고. (웃음) 많이 먹어서 탈인 세상이니까. 생명적으로도 가공 안하고 간단하게 하는 게 좋아요. 조리 방식이나 음식을 담는 방식 등 전체적으로 밥상 문화는 좀 바뀌어야 한다고 생각해요.

한편으로는 에코페미니즘이라는 게 땅이 살고 생명이 살아야 지속되는 거잖아요. 그렇다면 우리나라의 땅을 살리는 문제에 관심이 없을 수가 없죠. 쌀이 재배되어야 하는데 안 되고 있잖아요. 농업에 관심을 가지지 않는 에코페미니즘은 살아 있지 않다고 느껴져요. 우리가 생명, 생태적으로 우리 농산물에 대해서 관심을 가지면 밥상 문화도 바뀔 거라고 생각해요.

저는 이런 변화의 과정 속에서 좀 더 근원적인 고민들을 해야 하지 않을까 생각하고 있어요. 내가 내 생명을 지극하게 돌볼 수 있을 때 생명의 존엄에 대한 이야기를 할 수 있지 않을까. 수업할 때도 그런 이야기를 계속해요. 내가 지구에 하나의 사람으로 태어나서 살아가고 있는데, 그 가치가 정말 경이롭게 느껴져야 다른 생명도 가치 있다고 느껴지는 거니까 나를 돌봄이 우선이라고 생각합니다.

몸을 써서 일할 때 자유로워진다

KWEN 도시 속에, 심지어 요새 정말 핫한 연희동에 살고 계시지만 선생님은 소비 문화와는 한참 거리가 먼 분으로 보이세요. 그 비결이 뭘까요? 선생님처럼 살고 싶은 사람들에게 도움이 되는 말을 해주신다면요?

문 과거에 사업을 하면서 인건비, 광고비, 임대료를 부담하느라 돈을 많이 벌어야 한다는 압박이 컸어요. 그 과정에서 내 스스로 노동하지 않는 삶에 대한 부끄러움이 있었거든요. 그래서 나중에는 내 손으로 청소하기 시작했어요. 청소하기 시작하면서 내 마음 깊이, 정말 내가 가치 있는 사람으로 여겨지기 시작했거든요. 구석구석 걸레질을 하면서 내가 지구 한 모퉁이를 닦고 있다는 생각이 드니까 엄청나게 대단한 일로 느껴졌어요. 내가 노동하는 것으로부터 자존감을 회복하기 시작한 거죠. 바느질, 텃밭도 마찬가지고요. 두뇌와 육체를 같이 써야지 균형이 잡히고 건강해지는데 앉아서 생각만 하면 머리 아프고 힘들어요. 그러니 머리 쓰는 것과 몸 쓰는 것의 균형을 잘 잡으세요. 균형 있게 쓰세요. 그리고 내가 먹는 밥과 내가 입는 옷을 스스로 지을 수 있으면, 도시에서도 사는 것이 가능해지죠. 그렇게 되면 바라는 게 적어져요. 그다지 많은 게 필요하지 않다는 걸 깨닫게 돼요. 그렇게 되면 좀 더 힘을 가지고 살 수 있는 게 가능해지지 않을까 생각합니다.

한편으로는 내가 생각하는 것과 행동이 이원적이어서 하나 되기가 어렵죠. 생각할 땐 너무 기쁜데 현실로 돌아오면 괴리감 때문에 내 안의 기쁨이 좀 줄어들기도 하고요. 그 간격을 조금씩 좁혀갈수록 기쁨이 좀 더 커지지 않을까요. ◉

  도시에서 차리는 살림의 밥상 문성희

씨 뿌리고 거둔
여신들의 노래

안혜경 성악을 전공했지만 운동 가요를 짓고 부르며 오랫동안 여성 환경 운동에 힘썼다. 대표곡으로 〈사랑하는 언니에게〉, 조카 인 매드클라운이 다시 부른 〈커피 카피 아가씨〉 등이 있다. 전남 구례에서 빵을 굽고 노래를 지으며 산다.

가수 안혜경 님을 고 박영숙 선생님을 추모하는 자리에서 처음 봤다. 지리산에서 왔다고 짧게 자기소개를 마친 그녀는 곧 힘 있는 목소리로 장내를 가득 채웠다. 목소리와 표정에서 싱싱한 생명력과 기운이 느껴졌다. 그날 이후 그녀에 대한 정보를 찾아보고 더 관심을 가지게 되었다. 처음엔 유명 래퍼의 이모라는 말에 귀가 쫑긋했다. 그러다 노래를 잘해 이화여대 성악과에 들어갔지만 오페라 아리아 대신 운동권 노래를 짓고 부른 20대, 환경과 여성 문제를 문화 예술로 풀어내려고 했던 30대를 거쳐 마흔이 넘은 나이에 가죽바지에 센 화장을 하고 여성주의 록 밴드 '마고'를 이끌었다는 그녀의 이력을 접하니 래퍼가 이모를 자랑해야 하는 것 아닐까 하는 생각이 살며시 들었다.

그이가 이제는 지리산 마고할망 품에 안겨 살며 여신의 노래를 부른다. 텃밭과 마당에서 손수 기르고 땄을 감이며 땅콩이 소복한 바구니 안에 4집 앨범을 같이 넣어두고 판다. 직접 농사지은 노래라니 근사하지

않은가. 게다가 지리산 햇살과 바람이 담긴 노래라면
얼마나 더 향기롭고 그윽할까. 그녀가 그간 씨 뿌리고
거둔 이야기와 노래들이 궁금했다. 햇볕이 따갑던 7월
안혜경 님이 살고 계신 구례를 찾았다.

KWEN 안녕하세요. 자기소개를 부탁드립니다.

안 '에코페미니스트 가수'로 저를 소개하고 싶어요.
싱어송라이터로 노래를 만들고 부르는 일을 하고, 그
외에도 다양한 일들을 했었어요. '여성문화예술기획'
이라는 곳에서 3년간 대표를 맡기도 했었는데 페미니
즘 연극을 올리면서 배우로 출연하기도 했었어요. 〈메
노포즈〉, 〈밥퍼, 랩퍼〉 등 뮤지컬도 했었죠. 지리산에서
자리 잡고 산지는 7년이 되었어요.

KWEN 정말 다양한 일들을 하셨네요. 노래는 어떻게
시작하게 되셨나요?

안 음대 성악과로 진학을 했는데, 고민이 많았어

　　　　　　　　　　　　　　씨 뿌리고 거둔 여신들의 노래 안혜경

요. 노래를 좋아하고 잘해서 음대를 갔지만 우리 때도 학생 운동, 민주화 운동으로 치열했던 때라 사회적 고민이 있었거든요. 그때 마침 〈공장의 불빛〉이라는 노래극에 김민기 씨 등이랑 같이 참여하게 됐고, 노래에 시대적, 사회적 정신을 담아내야겠다고 방향을 정하고 나서 내 노래를 만들기 시작했죠. 그렇게 만든 노래들이 운동권 가요가 되어서 80년대에 많이 불렸죠.

운동권, 록 밴드, 라틴 음악,
그리고 여신을 노래하는 에코페미니스트로

KWEN 그냥 가수, 운동권 가수가 아닌 에코페미니스트 가수로 자신을 소개하시는 이유가 있을까요?
안 　　박정희 시대에 공업화, 산업화를 추진하면서 공해 문제가 엄청 심각했었는데 보도를 못하게 막아서 은폐된 사건들이 많았어요. 그래서 지인들과 그 문제를 연극으로 만들자고 했어요. 〈청산리 벽폐수야〉라는 제목이었는데 그때는 정식으로 허가가 안 나서 워크숍 형식으로 아현동 애오개 소극장에서 공연을 한 게 환경 연극의 효시였죠. 그거 말고도 〈침묵의 봄〉, 〈내 말 좀 들어봐요〉, 〈아이야 예전에 그랬단다〉 등 환경을 생각하는 노래들을 많이 만들었어요. 그리고 제가 여성민우회에 발기인으로 참여해서 활동했었는데, 주로 문화 예술 분야를 전담하는 문화기획실에서 극을 만들었어요. 인형극에서 시작해서 환경, 여성들에 대한 노래들도 많이 만들었죠. 그때 만든 노래들이 〈커피 카피 아가씨〉, 〈밭 매러 가는 길〉, 〈일이 필요해〉, 그 밖에도 평화, 반전 반핵 등 다양한 사회적 이슈들을 담은 노래들을 만들었죠. 나중에 세어보니 백 몇 십 개가 넘더라고요. 이런 과정을 거치면서 에코페미니스트로 정체화를 하게 됐죠.

KWEN 다른 곳에서 인터뷰하신 걸 봤는데, 1995년 베이징여성대회에서 한국 대표로 공연하셨던 게 선생님

 씨 뿌리고 거둔 여신들의 노래 안혜경

활동의 전환점이 되셨다고요. 그때 이야기를 좀 해주
시겠어요?

　　　맞아요. 전 세계 여성들이 모였는데 완전 해방
구인 거예요. 그때 북유럽 여성들이 빅 밴드, 브라스 밴
드를 했는데 너무 멋있더라고요. 저도 여성들끼리 뭔
가를 해보고 싶다는 생각이 들어서 돌아와서 록 밴드
마고를 구성했죠. 그때 페미니스트 가수 지현이 보컬
을 맡으면서 인연을 맺었어요. 그렇지만 팀으로 뭔가
를 하는 게 쉽지 않아서 잘 안됐어요. 그런데 그때 제
가 베이스 기타를 맡아서 베이스 기타 레슨을 받았었
는데, 그 레슨 선생님한테 픽업돼서 라틴 음악을 배우
게 됐어요. 온갖 라틴 악기는 다 배웠죠. 나중에는 '아
마손'이라는 라틴 밴드도 만들었어요. 아마조네스와
손(라틴 리듬)을 합성해서 만든 이름이었고, 모두 여성들로
구성되어 있었어요. 그래서 제 음악 중에 라틴 음악이
많아요. 3집에 있는 〈결코 되돌아가지 않으리라〉라는
곡은 장르가 탱고예요. 정말 많은 영향을 받았죠.

KWEN 4집까지 음반을 내셨죠. 4집에는 마고할망, 허난설헌, 황진이 같은 신화적 역사적 여성들에 대한 곡들이 많던데요, 선생님의 음악에 대한 설명을 부탁드릴게요.

안 1집 《환경과 여성》, 2집 《자연과 여성》, 3집 《여성, 전쟁, 자매애》를 거쳐 2013년에 4집 앨범을 냈어요. 가장 최근인 4집 앨범 수록곡에 대해 이야기하자면, 〈마가이아움〉은 '마고'의 다른 이름인 '마가', 대지의 여신 '가이아', 그리고 생명이 움트고 키워지는 움집이며 자궁^{womb}을 의미하는 '움'을 합쳐서 만든 말이에요. 마고 할머니에게 향하는 기쁨의 노래인데, 지리산에 와서 제가 너무 기뻤거든요. 지리산 할머니 품에서 산다는 게 너무 좋아서. 그런 의미를 담은 곡이고요. 〈달빛 가야〉는 인도에서 온 가야국 김수로의 왕비인 허황옥의 이야기예요. 그이를 새로운 땅을 찾아온, 사랑과 평화를 전파하는 상징이자 마고의 딸로서 충분한 사람으로 그린 거죠. 인도풍의 음계를 썼고, 가야그머 정민

　　　　　　　　　　　씨 뿌리고 거둔 여신들의 노래　안혜경

아에게 가야금을 맡겼어요. 〈내 이름 불러주오〉는 피아
노와 첼로 선율의 발라드로, 소서노에 대한 이야기인
데, 소서노는 고구려, 백제 건국과 다 관련이 있는 사람
이에요. 한 여자가 두 나라를 세운 거죠. 새로운 땅 지
리산을 찾은 저에게 새로운 나라를 세운 소서노가 의
미 있게 다가왔어요.

〈난초를 보며〉는 허난설헌에 대한 곡이고, 사이키
델릭한 느낌이에요. 허난설헌은 신선들과 노니는 시를
많이 썼거든요. 로맨틱하고 우주적이죠. 지리산은 마
고의 산이기도 하고 신선들의 산이기도 하거든요.

그 부분에서 통한다고 생각을 했어요. 마고 밴드 시
절 만들어뒀었던 〈마고할망〉이라는 곡도 컨트리풍으
로 재해석해서 넣었어요. 그때는 여기 와서 살 거라곤
생각도 못했었는데 신기하죠. (웃음) 그 밖에도 바리데
기 공주 자청비, 김만덕, 황진이… 이렇게 우리 역사 속
의 여신들을 다 모아서 만든 앨범이에요.

시골살이는 내 몸으로 보여주는 노래

KWEN 얘기를 듣다 보니 지금 살고 계신 지리산에 대한 이야기를 빼놓을 수 없을 것 같아요. 어떻게 지리산에 오셔서 살게 되셨는지 궁금합니다.

안 저는 어릴 때부터 좀 달랐던 것 같아요. 고등학교 때, 아버지 고향인 충청도 보은에 양할머니가 살고 계셔서 간 적이 있었는데 정서적으로 너무 편했고 정말 좋았어요. 대학 때 농활도 많이 갔는데 아주 거침없이 텀벙텀벙 논에 들어가서 일하고, 참 즐거웠어요. 깨닫고 보니 예전부터 내가 시골에서 사는 게 꿈이었더라고요. 대학 때 여성 운동, 환경 운동을 하면서 환경에 더 관심을 갖게 되니 '시골에서 살아야 답이다'라는 생각이 들었죠. 환경에 대한 노래를 부르면서 사람들을 계몽하거나 주장하는 것도 좋지만, 내가 그곳에 들어가서 사는 게 자연도 살리고 나도 살리는, 내 몸으로 보여주는 노래라는 생각을 했어요. 니어링 부부의 삶,

법정 스님의 삶을 책으로 보면서 혼자 꿈을 키웠어요.

2002년도에 남편이 암으로 세상을 떠났어요. 그 사람이 이천에서 음악 선생님을 하고 있었을 때였는데, 남편이 세상을 떠나고 애들 졸업할 때까지는 이천에 있다가 시골에서 살기 위해 3년 동안 땅을 찾아다녔어요. 적당한 곳을 못 찾고 있었는데, 안성에 있는 우리 언니 집을 지어준 목수가 내가 땅 찾는 걸 알고 지리산에 땅이 있는데 가보겠냐는 거예요. 지리산? 세상에, 지리산에 땅이 있다니. 너무 좋아서 땅도 안보고 빚 내가지고 덜컥 계약을 했어요. 내려와 봤는데 마을이랑 거리도 적당하고 혼자서 살기에는 괜찮겠다 싶었어요. 살수록 좋더라고요. 내 일생 중에 제일 잘한 일이 여기 내려온 거예요. 물론 내려올 때는 가난한 가수였기 때문에 막막했었죠. 여기 와서 일을 찾아야겠다고 생각했어요. 귀농 관련된 책들도 많이 보고, 혼자 농사를 지어보는데 생각보다 너무너무 재밌었어요. 수확물을 지인들에게 많이 나눠주기도 하고 돈벌이로 바질 페스토

를 만들어서 팔기도 하고 그랬죠.

사실 빵을 만들어 팔아야겠다는 생각도 해본 적 없었는데 우리 마을에 빵 선생으로 유명한 월인정원 선생님이 살고 계셨어요. 그분 권유에 빵 수업을 들었는데, 하다 보니 너무 재밌는 거예요. 정말 내 마음을 담아서 하게 됐죠. 내가 직접 빵을 만드는 게 우리 밀과 땅을 살리는 길이라고 생각해서 떳떳했고 기분이 좋았거든요. 그러다 보니 빵이 잘 나왔고, 사람들이 사고 싶어 해서 자연스럽게 빵도 만들어서 팔게 됐어요.

좋아하는 것이 새로운 길을 열어준다

KWEN 혼자 지리산에서 사는 것에 대한 두려움은 없으셨나요?

안 두 가지가 있었는데, 하나는 사람이 별로 없는 곳에 혼자 산다는 것에 대한 두려움이었어요. 산짐승들은 우리 집 개가 짖으면 다 도망가고 잘 안 왔는데,

  씨 뿌리고 거둔 여신들의 노래 안혜경

무서웠던 건 사람이었죠. 밤하늘에 쏟아지는 별이 보고 싶어서 나가고 싶은데 밖에 누가 있을까 봐 두려운 그런 마음요. 제가 여기 내려온 지 7년 됐는데 그간 불미스러운 일은 하나도 없었어요. 그 두려움은 사실 허상이었고 내 마음이 만든 거라는 걸 느껴서 극복이 된 편이에요.

두 번째 두려움은 먹고사는 문제에 대한 두려움이었어요. 해답은 없었는데 시골에서 사는 게 좋으니까 굶어 죽어도 가보자 했죠. 내가 자립적으로 길을 찾아보고 싶었고요. 와서 이것저것 가꾸고 일했는데 몸은 다 부서져도 너무 행복하더라고요. 지내다 보니까 빵 만드는 것도 배우게 되었고, 만든 빵을 동네 벼룩시장에서 팔다가 재밌어서 구례 장날에 가지고 나가봤어요. 그랬더니 갖고 나가자마자 너무 잘 팔리는 거예요. 마음만 먹었으면 오일장 안에 점포를 얻는 것도 가능했을 거예요. 내려올 때의 두려움은 있을 수 있지만 너무 걱정하지 말고 와서 1~3년 지내면서 길을 찾자고 마음먹었던 거고, 지내면서 찾을 수 있었죠. 지내다 보면 자신이 생겨요. 더 나은 구상도 할 수 있고요.

KWEN 선생님 빵, 저희도 먹어보고 싶어져요. 빵 이야기가 흥미로운데, 더 이야기해주세요.

안 옆 골짜기에 사시는 어떤 스님은 저한테 빵을 주문해서 드셨거든요. 한 달에 열 개씩을 한꺼번에 사서 냉동실에 넣어놓고 아침마다 쪄서 드신다고 했어요. 몸에 무척 좋다고 말씀하시더라고요. 제가 빵 만들 때 구례 통밀을 쓰는데 약간 껍데기를 깎아요. 그래서 밀기울을 추가하기도 해요. 깎여 나간 영양소도 보충되고 섬유질도 풍부하죠. 이스트 대신 직접 키운 천연효모를 쓰고요. 좀 덜 부풀면 어때요. 덜 부푼 대로 먹으면 되지요. 우리밀을 많이 이용하고 먹는 게 땅도 살리고 몸도 살리는 길이라고 생각해요. 저도 예전에 위산과다증이 있었는데 빵을 워낙 좋아해서 속이 불편해도 계속 먹었거든요. 근데 우리밀 빵을 먹은 다음부터

는 그게 없어요. 빵 클래스에서 만난 사람들과의 교류도 참 좋아요. 나랑 같이 빵 배웠던 친구가 있는데 그 친구가 읍내에 빵집을 냈어요. 너무 빵을 맛있게 만들어서 전국적으로 유명해졌죠. 구례는 웬만한 사람들이 다 빵을 만들어요. 우리밀로 빵 만드는 사람들도 많고요. 빵을 매개로 만난 사람들이 구례 읍내에 연습실을 만들어서 음악도 하고, 축제 때 함께 노래하고 놀기도 하죠. 젊은 친구들이 구례읍에 있는 제재소에서 밀실 영화제라는 걸 열어서 독립 영화 상영도 했었어요. 나도 가서 노래해주고 같이 놀았죠. 살다 보니 이런 인연들도 만났어요. 참 재밌죠.

KWEN 빵이 먹을거리를 넘어서서 새로운 문화를 만들었네요. 마지막으로 시골살이를 꿈꾸지만 망설이고 있는 사람들에게 해주고 싶으신 말씀이 있다면요?

안 이렇게 시골에 와서 살면 옛날로 돌아가서 사는 걸로 보이겠지만 절대로 아니에요. 프리랜서 직업을 가진 사람들은 굳이 서울에 살 필요가 없지 않을까요. 시골에서는 확실히 생활비가 덜 들어요. 만족도도 높고. 요즘은 인터넷이 다 있으니까 정보에 뒤처지지 않고 전 지구적으로 살 수 있죠. 외국인들도 많이 찾아오고, 사람들 간의 교류도 많아요. 많이들 와서 살다 보면 서로 고객이 되어줄 수 있죠. 물물교환도 하고요.

벼룩시장에 나가면 귀촌한 사람들이 많이 보여요. 음식, 목공, 유리공예 등 직접 만든 것들을 보면서 서로를 알아가요. 시골에서도 자기가 사랑하고 좋아하는 것을 하면 어디든 길이 열릴 수 있다고 생각해요. 너무 좋아서 하면 잘하게 되고, 그럼 사람들이 그걸 알아보고 열광하거든요. 자기가 좋아하는 일을 하는 게 좋은 것 같아요. 꼭 농사만 지어야 되는 것도 아니고요. 한 사람이라도 더 자급자족을 한다면 이게 지구도 살리고 나도 살리는 방법이라는 생각이 들어요. ◉

오랜 시간

발로 뛰고

만나고

대화를 나누고

질문들을 길어 올리며

'무언가'를 찾기 위해

돌아다녔다.

12번의 만남 끝에

완벽하지는 않아도, 어설퍼도

내 나름의 그 '무언가'를 찾았다는

생각을 하게 되었다.

그래서

———— 인터뷰를 마칩니다.

괜찮지 않은 세상
괜찮게 살고 있습니다

초판 1쇄 인쇄 2019년 3월 25일
초판 1쇄 발행 2019년 3월 31일

지은이 여성환경연대
펴낸이 송주영
펴낸곳 북센스
편집 장정민, 홍예지
마케팅 이혜인
디자인 정지연

출판등록 2004년 10월 12일 제313-2004-000237호
주소 서울시 은평구 통일로684 서울혁신파크 미래청 401호
전화 02-3142-3044 팩스 0303-0956-3044 이메일 ibooksense@gmail.com
ISBN 978-89-93746-49-5(03810)

•책값은 뒤표지에 있습니다. 잘못 만들어진 책은 구입하신 서점에서 바꿔드립니다.
•이 책은 환경을 생각하여 친환경용지로 제작되었습니다.